日本最受歡迎醫療劇作家
林宏司——著
緋華璃——譯
トップナイフ
Top Knife

目次

第一章　冰之女王　007
第二章　我已經死了　075
第三章　天賦　149
第四章　大腦與戀愛　217
尾聲　285

即使時至今日二十一世紀，人腦仍是人類唯一未開發之地。

腦，這個長達五十億年的進化結果，聚集了一千億個神經元，是造物者手下最複雜的產物。那麼腦外科醫生這項職業，便是一腳踏進這塊神祕的處女地，並加以改良。如此傲慢，甚至連神也不放在眼裡。

所謂腦外科醫生，只有兩種。

厲害的腦外科醫生，與不該待在此地平庸之輩……

腦部比想像中還要脆弱。不同於其他器官，腦部與脊髓幾乎沒有自我修復的能力，因此一旦受傷幾乎無法再生。神經及細小血管的損傷也就意味著病人的死亡，或者也會留下重大的後遺症。

僅僅零點一公釐的誤差、零點一秒鐘的遲疑、零點一公克的傲慢，都足以讓病人陷入癱瘓。

也因此，所有平凡的腦外科醫生為了能百尺竿頭、更進一步，每天都付出許許多多的代價，超越自己的極限，以人稱「Top Knife頂尖手術刀」的頂點為目標，努力精進。

即使經過打落牙齒和血吞的努力，好不容易得到這個稱號，也無人知曉等在前方的是什麼，一如沒有人知道前無古人的處女地有什麼，一如無論手術前做過多仔細的檢查，不把大腦打開來看，就不知道結果那樣……

第一章　冰之女王

腦外科的手術，剛開始其實跟木工沒什麼兩樣。

把頭釘刺進剃光頭髮的腦門，牢牢地固定在手術台上；用手術刀切開皮膚，再用金屬製的壓板刮開頭蓋骨的皮膚；拿起自轉式鑽頭為光溜溜的頭蓋骨鑽幾個洞，再用線鋸式電鑽沿著鑿穿的洞與洞之間割開，取下頭蓋骨。人高馬大的深山瑤子氣定神閒地作業著，周身散發出一股資深木工的老練霸氣，彷彿她正拿著鑿子和槌子雕刻木材。

接著，她用手術刀切開打開的頭蓋骨底下，名為硬腦膜的薄膜，露出腦部。此刻畫風一轉，她開始極度細緻的作業，堪比技術純熟的鐘錶師傅。

頭蓋骨底下的腦部浸泡在腦脊髓液裡，經常被比擬為泡在水裡的豆腐。暫時失去頭蓋骨這層堅硬的防護罩，看起來脆弱得怵目驚心。這個讓人之所以是人的器官，遠比其他器官都來得脆弱許多，只要一丁點的刺激，就能輕易被破壞，且再也無法修復。

深山總想，這雪白、美麗、充滿光澤的器官，該不會就是人類的「心」吧。自己體內，原來還有這麼細緻的東西嗎……

早上六點二十分，深山泡在飯店的游泳池裡。

水裡十分自由，她盡情地伸直修長的手腳，以隨意的自由式在水中前行，擺脫重力束縛，聽不見任何聲音。

深山需要一段擺脫所有束縛的時間，所以報名了飯店的健身房。成為會員所費不貲，但對於離過一次婚的五十歲單身腦外科醫生而言，倒也不是負擔不起的金額。她今年才開始在這裡游泳，但去游泳池游泳的習慣，早已養成了二十年。十年前還因為要吹乾溼淋淋的頭髮感到很麻煩，索性剪成一頭短髮。

游完代替暖身運動的一百公尺後，放在游泳池畔躺椅上的手機隨之響起。今天是由腦外科醫生西郡琢磨輪班，他已能獨當一面了。本想當作沒聽見，但手機鈴聲在混凝土牆的反射下不斷迴盪。深山無奈地離開泳池，摘下泳鏡，拿起手機。

「我不是說過，誰敢在我不用當班的時候打電話給我，我就要誰的命嗎？」

「對對對、對不起！是西郡醫生要我打的……」

手機那頭傳來菜鳥醫生小機幸子的聲音，看來今天是她與西郡一起值班。把這種吃力不討好的苦差事推給手下，確實是西郡會幹的事。

深山的語氣更加低沉。「那最好有什麼天塌下來的大事。」

「嗯，應該是……」

「應該？」

「啊，不是，確實是大事。沒錯，天塌下來的大事。」

小機太慌張了，一句話說得顛三倒四。

「什麼事？快說。」

「那個，因為車禍受傷的添野洋一從本週開始換到個人病房，這件事妳知道吧？」

「知道，昨天才跟部長報告過他要出院的事。」

所有醫生都要掌握每個住院病人的病情、狀況，這是東都綜合醫院腦神經外科的規矩。當時，添野洋一坐在由母親駕駛的車上，因車子衝撞護欄，從後座飛了出去，頭部猛力撞上擋風玻璃。他被緊急送到東都綜合醫院，由深山開刀取出頭部的血塊和硬腦膜下出血。母親只有輕傷。

她的腦海中立刻浮現出洋一稚氣未脫、長滿青春痘的臉。「那孩子怎麼了？」

血塊已經取出，以十四歲的年齡來說，應該不用擔心病情突然惡化。想當然耳，他也沒有過往病史。

「事情變得有點棘手……」

「到底什麼事情？光說棘手誰聽得懂，給我交代清楚。」

腦外科的世界隨時都處於分秒必爭的狀態，不需要拐彎抹角地廢話連篇。

「不是，那個，因為……他開始說那場車禍不是意外，其實是母親要殺他。」

「什麼？」

「他說那是蓄意謀殺。」

東都綜合醫院腦神經外科網羅了全日本各地，醫術精湛的頂尖腦外科醫生，在腦外科業界名氣十分響亮。這一切都歸功於外科部長今出川孝雄開出了高於同業許多的待遇，重金挖角優秀的腦外科醫生。而深山身為次長，整合這群各有怪癖的腦外科醫生便是她的任務。

腦外科醫生……其實是一門極為特殊的行業。

「天文學家有本事研究星象，卻無法伸手觸摸到行星；分子生物學家有本事研究DNA，卻無法用肉眼看到DNA。」

大約三十年前，指導教授曾經一臉嚴肅地對當時還是醫學院學生的深山如是說。

「然而，有一門行業卻能直接伸手觸摸、切開、縫合這些科學家眼中最偉大的神祕領域，無懼於造物者的權威，那就是……腦外科醫生。」

腦是天底下最複雜的器官，腦外科醫生的工作，則是對這個人類持續進化五十億年的器官進行改良。因此，腦外科精密、細緻、危險的程度遠不是其他外科所能比擬，例如心臟外科或消化系外科。

「假設一般的外科是走在地上十公分寬的木板上，腦外科醫生便是走在懸掛在十層樓高空的鋼索上，只有天選之人才能順利走到對岸。」

光這句話，就足以將充滿野心的年輕人扼殺在夢想的道路上。

腦細胞及中樞神經一旦受傷就無法再生，這點與其他臟器有著決定性的不同，因此腦外科醫生為了得到名符其實的驕傲，必須付出慘烈的代價——他們的私生活極為苛刻。一般的「on call」是指處在能接電話的待命狀態，以應付各種突發狀況；唯有腦外科必須二十四小時 on call，隨時待命。

若時刻都處於要應付各種突發狀況的待命狀態，便不得不犧牲戀愛、結婚、夫妻生活、人際關係及其他林林總總的事物，以換來少許的光榮與自尊心。但對於永遠以手術結果成功與否來判斷醫術高不高明的腦外科醫生而言，這些光榮與自尊心無異於風中殘燭。人外有人、天外有天，唯有爬到頂點的外科醫生才能得到「頂尖手術刀」的稱號。

以心臟手術為例，由於術野較大，可以切開要手術的部分，讓大家一起探頭過去看。所以一場手術，等於是由執刀醫生、助手、護理師、痲醉醫師等通力合作。但腦外科手術主要是顯微手術，亦即將術野控制在最小範圍下，由執刀醫生透過手術用顯微鏡進行。換句話說，除了執刀醫生以外，沒有其他人插手的餘地。這是執刀醫生展現個人絕佳技術的世界，且技術優劣一看便知，因此有許多腦外科醫生傲慢至極。如今，這些人全都聚集在此。

而深山，就是大家公認最傲慢的腦外科醫生。

深山板著一張臉，大步流星地走在腦外科院區的走廊上，迎面而來的護理師全都自動自發地讓開一條路，所經之處宛如摩西分紅海。以前，醫院內盛傳「護理長—護理師—醫生—病人—實習醫生」的階級制度，但腦外科次長深山有多恐怖、多沒耐心的事蹟早已傳遍整家醫院，例如狠狠踹了手術時遞錯器械的護理師、要求把手術紀錄的圖畫得太差的實習醫生熬夜重畫、忍不住揍了一直讓骨屑噴到她臉上的菜鳥醫生……

深山與生俱來的壓迫感，也讓人不得不相信這些傳聞。身高超過一百七十公分的她，細長的雙眼甚少出現笑意。再加上「腦動脈瘤與繞道手術之頂尖手術刀」的頭銜，讓她更不可親，甚至還有人會在她的名字前面冠上「毫無女人味」幾個字。

小機站在摩西分紅海的走廊盡頭。

「今天早上突然變得不對勁，開始一直碎念：『我差點被媽媽殺死……』」

「不是譫妄嗎？」

開完刀出現類似的妄想是家常便飯，這稱為手術後譫妄。以洋一的情況來說，發作的時間有點太遲，但在腦外科的世界裡，什麼情況都有可能發生。

「不是。如果是手術後譫妄，我也能分辨。」西郡姍姍來遲，一臉不悅地插嘴。

這位三十四歲的腦外科醫生也是既年輕又自負。眼睛原本就長在頭頂上了，如今更是完全不給人台階下。有些女生很吃他這種總是眉頭深鎖、散發出生人勿近的氣息，但看在深山眼裡，只不過是個毛頭小子。

「而且他說得很具體，念念有詞地小聲說他母親對他說：『我撐不下去了，一起死吧。』然後故意開車去撞牆，看起來實在不像是演戲。」

病人添野洋一當時坐在由母親貴子駕駛的自家車後座。洋一就讀私立中學，動不動就請假。那天貴子開車送他去學校，中途在視野開闊的直線道路撞向護欄。強烈的撞擊導致洋一腦挫傷及急性硬腦膜下出血、右手臂骨折。在鬼門關前走了一遭，幸得深山動刀撿回一條命，目前住在普通病房，展現出驚人的恢復力。大腦的恢復程度與年齡有直接關係，年輕為洋一的大腦帶來奇蹟，如今卻出了這種狀況。

警方仔細地說明過車禍的狀況，確定是因為貴子開車時分心。看到貴子車禍後不知所措的模樣與自責的態度，也不覺得她在說謊。

「要是演變成『謀殺親兒』，事情可就大條了。」西郡事不關己地說道。

他未婚，看起來也不像感受過親子間幽微的矛盾衝突。

「了解，我去看看。」

西郡露出意外的表情。他大概以為依規定向上司深山報告後，深山可能會懶得理他，把後續處理推回去。

深山說完，走向洋一住的普通病房，感覺內心一陣騷動。

「她其實想殺死我……」洋一壓低音量，娓娓道來。

他膚色蒼白，偶爾神經質地皺眉。長得比同年齡的男生還高，但也比較瘦，有一股穩重溫和的氣質，感覺很有家教。因此從他口中說出來的話與對周圍充滿戒心的神色，反而顯得特別不尋常。

「你媽媽嗎？為什麼呢？」深山刻意以跟朋友聊天的隨和態度問他。

「這個嘛……因為我一直打電動……」

「所以呢？」

「所以她很討厭我。她從以前就覺得早知道不要生下我，她根本不想要我。」

「怎麼可能。」

「就是有可能。」洋一的音量更小了，「那傢伙大概要來了。」

「什麼那傢伙，她是你媽。」

「到時候一切就會真相大白了。醫生，妳看起好像能信任，所以我只告訴妳，晚點再說。」

為了慎重起見，深山一邊跟一旁的小機幸子走出病房，一邊交代她幫洋一做MRI磁振造影檢查。

「深山醫生，妳對年輕病人好溫柔啊。」

「有嗎？」

眼前這個菜鳥女醫生臭屁得很，總愛吹噓自己以第一名的成績畢業於東都大學醫學系。個性就像時下的年輕人，沒什麼距離感。也不知道該說是很親人，還是自來熟，初來乍到就敢站在深山旁邊跟她說話。深山內心十分不以為然，心想她要和自己平起平坐，還早五百年呢。

「這是我第一次看到妳這麼有耐心，我還以為妳會對莫名其妙譫妄發作的病人說：『吵死了，快給我閉嘴睡覺。』之類的呢……」

再怎麼樣也不可能對病人說出這種話，她只對身邊的人沒耐性。感覺一把火氣正逐漸燒起來，她決定趕走這隻蒼蠅。

「對了，聽說妳參加岩下醫生的手術時，掉了一顆鈦合金的螺絲？」

血色刷地從小機的臉上褪盡。

開顱手術時，為了打開術野會切下頭蓋骨，結束後就必須把它放回原來的地方。這時，要用鈦合金製的螺絲加以固定。那天擔任助手的小機在鎖上螺絲時，不小心弄掉一顆在地上。

「這個問題很嚴重喔。妳明白嗎？一顆一萬圓，還要寫報告。還不趕快寫好交上來。」

「遵命！」

小機面色蒼白地逃之夭夭。一萬圓是開玩笑的，但是給別人添麻煩是真的。外科是完全由師父帶徒弟的世界，其中又以腦外科特別嚴格。就算已經很久沒有女醫師願意投入這個世界，也不能因此縱容。如果不適合就得毫不猶豫斬斷她的念頭，唯有靠自己爬上來的人，才能享受「腦外科醫生」這個頭銜帶來的榮耀。深山年輕時也經常被罵得狗血淋頭，也不止一次兩次在手術的過程中被執刀醫生踹。雖說時代已經不一樣了，但光是不用挨踢就要偷笑了。

所有住院病人的電子病歷都擺在護理站，醫生們此時都在護理站確認那些病歷，並向護理師做出投藥或打點滴、檢查等指示。

送來這家醫院的病人不外乎腦梗塞、腦出血、外傷等病症，大約有三分之一能順利痊癒，另三分之一出院後會留下後遺症，剩下的三分之一則無法活著離開這裡。說來殘酷，但現實就是這樣。深山已然徹底習慣了這個現實，但明確地向護理師下達各式各樣的指示時，剛才那位少年的話還盤踞在深山的腦子裡，揮之不去。妄想、譫妄、錯亂、混亂……明明面對這些問題就像魚販處理魚一樣，是腦外科醫生理所當然的課題，為何唯獨對洋一剛才那句話耿耿於懷？

「醫生！」耳邊傳來呼喚她的叫聲。

穿著睡衣的洋一出現在眼前。他要靠自己的力量走路應該還會左搖右晃的，仍特地走到護理站。據他所說，母親貴子剛才去探望過他，他是目送貴子的身影消失在大廳後才來找深山。見洋一魂不守舍、四下張望的模樣，深山貼心地來到走廊上。

「果然有很多發現，所以我想趕快告訴醫生。可是……醫生，妳真的會幫我保密嗎？」

「那當然，醫生本來就有義務要保守病人的祕密。」深山故作輕鬆地回答。她繼續追問。「所以呢？你跟令堂說了什麼？」

「沒有，我沒跟我媽說話。」

「怎麼會？你不是送令堂離開了嗎？」

「那不是我媽……」

「那……那個人是誰？」

「那是……外星人。」洋一的眼神是認真的。

他陷入「卡普格拉妄想症候群」了——深山悚然一驚。

「外星人？他說他媽是外星人？怎麼可能……」小機目瞪口呆地在會議室翻白眼。眾醫生會在會議室討論每個病人的病情及今後治療的方向。深山、小機、西郡、今出川部長及護理師小澤真凜都出席了這場會議。

「吵死了，給我安靜點。」

「可是深山醫生，這很不尋常耶。」

「卡普格拉妄想症候群啊……」今出川喃喃自語。

「坎培拉妄想症候群？」

「是卡普格拉妄想症候群啦，妳沒在妳最擅長的外國文獻裡看過嗎？」護理師真凜皮笑肉不笑地說。真凜比小機年輕，卻已是資深的護理師，負責調侃有點脫線的新人小機。醫術還跟不上知識的小機最喜歡誇誇其談：「根據美國的學術論文……」每當這時真凜就會賞她的後腦杓一巴掌。

「啊，哦，卡普格拉妄想症候群啊……咦，那個卡普格拉妄想症候群？」

大腦負責辨識人臉的部位，會在每次接收到外部刺激時回傳資訊，並做出判斷。而負責辨識人臉的部位，與蒐集某人的資訊，或感受對某人的好惡的部位各自獨立，是由無數遍布於腦內的突觸緊密地串連起來。因此當人看到討厭鬼的臉，內心會冒出一把無名火；看到心上人的笑容，內心則會充滿幸福的感覺。然而當腦部受傷、形成血塊等原因切斷了上述的迴路，會發生什麼事呢？

這就是洋一目前的狀況。

視覺神經已認出對方的臉是「母親」，但因為跟感受親情、愛情部位的迴路中斷，所以完全無法產生親近感。也就是說，即使看到母親，內心也與看到陌生人無異。

怎麼會這樣呢？明明是自己的母親。

渴望凡事有一致性是大腦的天性，亦即大腦傾向有理有據的思考模式。按照這個脈絡，眼前的人明明長得跟母親一模一樣，卻絲毫感受不到親情，太奇怪了。既然如此，這個人肯定是個冒牌貨，霸占了母親的臉和身體……

這就是卡普格拉妄想症候群。像洋一這樣認為母親是「外星人」，在卡普格拉妄想症候群的案例中其實很常見。

「我是看過相關的論文……可是只要向他說明那個人是他的母親，他應該就會明白吧？畢竟才十四歲……」小機歪著脖子，一臉費解地說。

「所以才說妳什麼都不懂。」西郡不以為然地嘆了一口氣。

真凜補充：「他這麼想並不是因為中邪或怎樣。不管是大學教授，還是總統，只要大腦有所損傷，就會陷入這種認定。」

「問題是這也太——」

「再怎麼解釋給他聽，跟他說不是你想的那樣，對方也無法理解。因為他的腦子現在只有這種認知。既然大腦已經這麼認定，他眼中的世界就是這麼回事。」

有一種症狀叫「半邊忽略現象」，通常發生在有過腦中風的病人身上。大家都知道腦部分成左右兩邊，由於神經系統左右交錯，萬一右腦受傷，身體的左側就會不聽使喚；同理，萬一左腦受傷，右半邊的身體則會出現障礙。倘若大腦某部分因為腦梗塞或腦出血受損，導致病人對某半側的事物視而不見，這種症狀就稱為「半邊忽略現象」。

正確來說，就是大腦陷入無法辨物的狀態。右腦受損的患者無法辨識左側事物，即使要他畫一朵花，他也只會畫出右半邊的花，亦即花的左半邊會從中間消失得一乾二淨，只剩下其中一邊，構成奇妙的圖案。對當事人而言，世上「不存在」左邊。

再怎麼引經據典地向當事人說明，病人也遲遲無法理解。因為沒有左半邊的世界就是他所認知的「現實世界」。就像對活在三次元的人類說明四次元的世界，一般人也無法理解一樣。光是此時此刻，這家醫院就有十名這樣的患者。由此可見，人類以為理所當然的「現實世界」其實非常曖昧。

「可是他不是認得出我和深山醫生嗎？如果視覺認知與感受到情緒的部分沒接好，他為什麼能認出我們？」

「你們本來又不認識，原本就沒有強烈的感情基礎，所以不至於認為你們是冒牌貨。」

「哦，原來如此。」

「停，停，停。」今出川拍了拍手，昭和風格的俊美臉上掛著笑意，肥胖的肚子隨動作左搖右晃。大家私底下都說部長是因為懂得見縫插針，再加上運氣好，才爬到今天的地位。但募集了一群頂尖手術刀，自己完全不會開刀的說法，倒也只是空穴來風。

「卡普格拉妄想症候群的講座就到此為止。所以呢，深山醫生，ＭＲＩ造影結果如何？」

他口中的「醫生」發音得含糊不清，此舉讓今出川顯得更加輕浮。

「頭部的右前頭側可以看到異常的血管，我認為是頭部外傷所造成的硬腦膜動靜脈瘻管。」

所謂的硬腦膜動靜脈瘻管，是因外傷或某種原因，導致保護腦部的硬腦膜內血液循環產生變化，使得原本應該流經硬腦膜內的血液，反而大量地從硬腦膜流進腦靜脈，靜脈因此異常擴張。

「我的判斷是住院的時候還沒有，後來才慢慢長大，壓迫到四周，導致血液循環發生變化，引起這次的症狀。」

「緊急手術時是什麼情況？」

「出血點在側腦溝靜脈和中腦動脈的分枝，除此之外並沒有特別大的問題。」

「嗯……我懂了。動靜脈瘻管如果再繼續長大，可能會有出血的風險，所以還是得想辦法處理。」

遇事隨便搪塞是今出川的風格，得過且過更是他的拿手好戲。

「他母親好像是單親媽媽。」

「對。」

「那說明就交給深山醫生了，拜託妳嘍。他母親看起來很聰明，應該能理解。」

眼前浮現出添野貴子出車禍後，被救護車送來的模樣。當時，她歇斯底里地吶喊：「都是我的錯，要是我能代替洋一死掉就好了！」聽說她是自由接案的廣告設計。或許是對自己不小心害兒子受傷感到過意不去，每次來探病的時候情緒都十分低落。原本應該是個精明幹練、光鮮亮麗的女強人，身上的衣服與皮包皆流露出一股時尚氣質，與愁眉不展的表情形成強烈反差，令人心疼。

要告訴她洋一得了卡普格拉妄想症候群，這股壓力實在太沉重了。深山交代真凜，明天貴子如果來了要向自己報告，並囑咐一定要讓洋一保持安靜。說完便離開會議室。

來到走廊，西郡跟上來與她並肩同行。

「硬腦膜動靜脈瘻管加上卡普格拉妄想症候群，表示洋一要再開一次刀吧。」

唯有要動大手術的時候，西郡才會自動自發找她說話。西郡是眾人口中的「年輕天才」，目標是奪得頂尖手術刀的稱號，總是瞪大雙眼，尋找動大手術的機會。

「也許吧。既然有可能出血，就得把動刀也列入考慮。」

「可以讓我擔任助手嗎？」

「我考慮一下，但還是以班表為準。」

「他說母親是外星人……嗎？不過父母本來也就跟外星人沒什麼兩樣。」

西郡對病人的私生活沒有絲毫興趣。目送他走向另一棟大樓的背影，深山覺得好像看到以前的自己。活像當初為了取得專業醫師執照、為了打響名號，不眠不休參與手術的自己——

就在這時，耳邊傳來一聲：「媽。」

半年不見的女兒真實身穿制服，獨自一人站在沒有幾個客人的咖啡廳裡。

「總而言之，她說今天要住下來，所以我先帶她回家，聽聽她怎麼說，明天就讓她回去，可以嗎？」

「好吧。拜託妳了，薰也很擔心。」前夫澤城真一以慍怒的語氣說，同時提到真實的後母。他掛斷電話前還不忘抱怨，「真實過了該回家的時間還不見人影，薰一直在找她。」

真實穿著制服出門，還帶上塞滿換洗衣服的旅行包，顯然是有計畫的離家出走。深山收起PHS手機，回到咖啡廳。真實正百無聊賴地喝著自動販賣機的鋁箔包烏龍茶，沒好氣的態度完全得自母親的真傳。

「所以呢，妳打算怎麼做？」

真實看也不看深山，只用下巴對著她回答：「我想從妳那邊去上學。」

「……好。我給妳鑰匙，妳先回家。因為我不曉得什麼時候才能走。妳知道我家在什麼地方吧。」

「看著Google地圖應該能找到——」

與此同時，深山的PHS響了。

「手機要開著喔。」

深山站起來，拿出PHS。接下來還要進行手術後的傷口管理、寫學會報告、開論文抄讀會等，忙得不可開交，眼下實在沒有時間與真實深談。深山接起電話，一邊聽護理師問她病人施打點滴的量，一邊從口袋裡掏出自家鑰匙，放在桌上，接著便加快腳步回病房大樓了。途中她回過頭，只見真實目不轉睛地盯著桌上的鑰匙，身影愈來愈渺小。

深山感覺自己把真實丟在一邊，一直以來似乎都是如此。

寫完每個病人的紀錄及今後的治療方向，與不同醫生討論完明天的行程，跳上計程車時已經過了十一點。仔細想想，這還是真實第一次去深山住的地方。

真實睡在客廳沙發上。明明已經傳了LINE要她上床睡覺，她大概不好意思吧。她換上應該是自己帶來的睡衣，蓋著毛毯。像這種融合了大人與小孩的臉蛋，大概就是十六歲的特權。

這也是第一次有自己以外的人睡在這個房間裡。真實縮成一團，像隻來避難的小動物。深山煩惱著不知是否該叫醒她去寢室睡，但終究還是決定就這麼讓她睡在沙發上。深山也經常躺在沙發上就睡著了，那張沙發睡起來的感覺還不算太差。有什麼話明天再說吧。深山小聲地道了聲：「晚安。」關掉間接照明的燈光，走進寢室。

三十歲那年的秋天，深山利用臨床醫學的留學專案，赴加州的教學醫院留學。在那裡認識了年紀與她一樣大，同樣從醫療體系的企業去加州留學的澤城真一。兩人便開始交往，三十二歲結婚，三十四歲生下真實。

「要不要去東都綜合醫院？」

沒多久，東都綜合醫院向她拋出了橄欖枝。「東都綜合醫院」這個名號可謂價值連城，腦外科專家們齊聚一堂，只要是日本的腦外科醫生，沒有人不對東都綜合醫院心嚮往之。深山很猶豫，後來是願意幫忙做家事、帶小孩的澤城從背後推了她一把。住在東京都內的公公婆婆也願意提供協助。身為職業婦女，再也沒有比這樣更理想的工作環境了，於是她決定跳槽。

殊不知，她太天真了。

來自全日本想要磨練醫術的腦外科醫生都聚集在此，哪怕只是技術稍微有點不如人，就會被看扁，遭到毫不留情的冷板凳伺候，每天都是直球對決。這還不打緊，自從在黑岩健吾手下工作，這種情況便更加嚴峻。他就是東都綜合醫院的顧問兼副部長，以王牌之姿坐鎮醫院，素有「世界級黑岩」的盛名。

深山不僅產後短短三個月就回到工作崗位，還一頭栽進急診室的救命最前線，每個月都要值班三到六次，從此過著由老公包辦做家事、帶小孩，公公婆婆幫忙接送女兒、張羅晚飯的生活。

每天忙得焦頭爛額，她根本無暇參與真實所有的「第一次」。不管是第一次說話還是第一次走路，她總是缺席。結果是澤城忍無可忍，希望她能多花一點時間跟女兒相處，求她轉到其他科，但是對於當時正一步步通往「腦動脈瘤與繞道手術專家」之路上的深山而言，這個要求無異於天方夜譚。

深山很清楚，自己過去能以工作為優先，都是拜澤城所賜。平常相處的時間也極為有限，如果澤城有意離婚，深山尊重他的決定。澤城也同時取得了真實的撫養權。

這件事發生在深山四十歲、真實六歲的時候。

「跟那個人根本無法溝通。」

真實一邊拿著吐司，一邊小心翼翼喝著牛奶，以免麵包屑弄髒剛換上的制服。

「什麼這個人那個人，媽媽就是媽媽。」

深山只睡了三個小時就爬起來為真實做早餐。比起出自母愛，更像是出於罪惡感。她想也知道是繼母管太多了。快去看書、別穿成那樣、補習班的功課要認真做……平時諸如此類的碎碎念，最後在吵架時脫口說出：「別跟那種人交朋友。」讓真實決定離家出走。或許收留她一晚，讓女兒卸下了些許防備，真實在早餐短短的二十分鐘內滔滔不絕地抱怨。

「這也沒辦法，畢竟是後媽，對吧。」

「妳的嘴巴也太壞了。」

「跟妳學的。」真實沒大沒小地拌嘴，又補上一句，「今天的路是第一次走，我先出門了。」便風風火火地走了。

看樣子她已經預習過要怎麼走，還告訴深山從這裡去學校要花上一個半小時。

深山收拾吃完的空盤，感覺很奇妙，真實是這麼健談的孩子嗎？大概是累積了太多牢騷，再不然就是太緊張了。不過深山也因此稍微鬆了一口氣，以前從未這樣開誠布公地聊天。真實說要來住的時候，深山還有點擔心這下子不曉得會變成什麼樣，沒想到母女倆很快就打成一片。

剛離婚的時候，深山有段時間每個月都去見真實一面，可是大約從真實小學五年級開始，見了面也沒話說，所以便從每個月見一次面，逐漸縮減為每兩個月、每三個月見一次面。等真實升上國中，終於變成就算見面，也只是在家庭式餐廳相對無言地吃飯，只顧著滑手機，說話有一搭沒一搭。這半年更是連面都沒見過，所以這次能像「普通母女」般交談，感覺還挺不錯的。

「等她回來，我再好好問她，我會盡快讓她回去。」深山傳LINE給澤城，也沒忘了再補一句，「請薰不用擔心。」

深山很怕面對薰。聽說薰是澤城上班的醫療器材製造商的員工，圓潤的五官與圓潤的體型充滿母性的光輝，似乎很有男人緣。嫁給澤城後成了全職的家庭主婦，三年後產下一個男孩。聽澤城說，薰就算有了自己的孩子，對真實依舊視如己出，為家人犧牲奉獻。這個人身上恐怕擁有深山所有欠缺的東西吧，深山對她有某種自卑的心理，因此這次的騷動，不免帶給深山些許不懷好意的優越感與伴隨而來的罪惡感。

在員工專用的走道上前進時，停車場裡響起震耳欲聾的引擎聲。只見深山的上司——黑岩正從一輛大紅色的雙人座跑車上下來。

「聽說出現了卡普格拉妄想症候群？需要開刀嗎？」

黑岩旁若無人，踩著大步走來，也沒打招呼，劈頭就問。他昨天應該才應邀參加美國腦外科學會舉行的公開手術。一大清早看到這個西裝筆挺、大步流星的男人，感覺就像早餐吃了頓牛排，令人難以招架，彷彿連頭髮都被抹上一堆油。

說明完來龍去脈，黑岩冷哼一聲。「我開過三十床這個部位的硬腦膜動靜脈瘻管手術。要是愈長愈大就麻煩了，跟女人一樣，一旦失控就很難收拾。」

黑岩抛下這句話，自顧自地揚長而去。深山很討厭黑岩，說是天敵也不為過。黑岩曾公開表示「女人無法勝任腦外科醫生」，也曾在學會的場合與在座的理事們激烈交鋒。黑岩單身，五十三歲，去年剛榮獲象徵腦外科醫生的楷模、僅授予全球頂尖腦外科醫生的「頂尖手術刀」獎，同時也是日本第一位獲此殊榮的腦外科醫生，世界各國的醫院都搶著要他。他不僅利用手術空檔演講、上電視，忙得不可開交，就連男女關係也搞得轟轟烈烈。他的醫術確實神乎其技，這也讓包括深山在內，一干以成為「頂尖手術刀」為目標的腦外科醫生感到如坐針氈。

與全體醫護人員開完會，確認每個病人的治療方針後，深山開始巡房。輪到洋一的病房時，她放下隔間的簾子，與洋一單獨相處。經過簡單地問診，深山指著放在床頭，貴子與洋一勾肩搭背的照片問：「這個人是誰？」

「同一個問題妳要問幾遍啊，醫生，這是假扮成我媽的外星人。」

「她來自哪個星球？」

「我怎麼會知道，請妳去問她。」

「可是啊，這個外星人總是三不五時就拿點心來給你吃、送衣服來給你換喔，這又是為什麼？」

「嗯……我猜是因為她很喜歡我吧，想跟我一起打電動。」

「打電動？你是指線上遊戲嗎？」

「沒錯。她大概知道我打得很好吧。不過我的電視遊樂器被你們沒收了就是。」

「想和你打電動啊……那這個人是誰？」深山指著照片中的洋一。

「另一個洋一。」

「什麼意思？」

「長得跟我很像，但不是我。因為我可沒有那種背包。」

或許是去登山的時候拍下的照片，照片中的洋一揹著雙肩背包。他指的大概是那個背包。可是讓他看自己鏡中的臉，他又說是自己的臉，還要深山別問這種理所當然的問題。照片不行，但他的思考迴路還知道鏡子裡的人是他自己，這正是卡普格拉妄想症候群的症狀。

「這個外星人為什麼要殺你？」

「這我昨天也說過了，醫生，妳的記性很差耶。」

「抱歉，因為醫生很忙嘛。所以是為什麼呢？」

「也是因為電動啊。因為我打電動的技術太厲害了，那傢伙嫉妒我，所以想殺死我。」

看樣子「電動」是唯一的關鍵字。深山回到護理站時，貴子剛好從前面經過。深山叫住她，要小機帶她去會議室。

「外星人？我嗎？」

縱然是再知性的母親，碰到這種情況聲音還是免不了拔高好幾個分貝。

深山指著電腦裡的磁振造影解釋：「腦部的杏仁核掌管人類的感情、愛恨、親近感等情緒。另一方面，人類的長相則是由掌管視覺訊號的地方做判斷。尤其是臉，辨認臉孔的部分稱為大腦皮質的視覺聯絡區。通常由神經元串連這兩個部分，現在因為這個區域受到損傷，才會發生這種狀況。」深山盡可能以一般人也聽得懂的方式仔細說明。

貴子的領悟力極佳，但情感顯然追不上理智。這也不能怪她。

「認為我是……外星人……」

深山告訴茫然若失的貴子，洋一今後可能會有大出血的風險，所以要動手術，而且也無法保證動完手術，妄想的狀態一定會好轉，只能暫時觀察情況。接下來也只能靠貴子自己花時間慢慢消化。

小機對垂頭喪氣的貴子說：「啊，不過雖然說是外星人，想必也是漂亮的外星人，就像《銀河鐵道999》的梅德爾……她是外星人嗎？」

護理師真凜巴了小機的後腦杓一掌。

「妳們可以下去了。」深山說道。真凜拖走基於好奇還想繼續旁聽的小機。剩下深山後，貴子一臉走投無路的表情說：「我真的不曉得該怎麼辦才好了……」

「關於執行功能障礙的後遺症，之前也向妳報告過，大腦受了這麼嚴重的傷，再怎麼樣都會留下後遺症。而且洋一的情況算是恢復得很順利，說不定哪天突然就痊癒了，請妳耐心等待。」

「這件事跟他說我要殺他有關嗎？」

「大概是卡普格拉妄想症候群發作時，他不認為貴子小姐是他的母親，所以才會說出那種話。」

居然害兒子引發這種妄想，貴子大概會更自責吧，或許還會陷入抑鬱的狀態。深山認為有必要多注意一點。

貴子呻吟似地喃喃自語：「或許我……真想殺死那孩子。」

「怎麼可能，妳在胡說什麼？母親怎麼可能想殺死自己的兒子……」

「妳敢說絕對不會嗎？」貴子無意中直視深山的雙眼。

深山悚然一驚，腦海中突然閃過真實的臉。

貴子娓娓細說從頭。

大學畢業後，貴子利用海歸子女的優勢進入外商廣告公司。行銷工作比想像中有趣太多了，她不禁一頭栽進工作裡。二十歲嫁給公司同事，同時趁機自立門戶。忙歸忙，工作十分順利。三十五歲懷孕，在公司上班的丈夫主動請育嬰假，表現出非常合作的態度，沒想到……

「我快臨盆才知道他在外面有女人……」

貴子無論如何都無法原諒外遇的丈夫，兩人協議離婚，她獨自生下洋一。身為自由接案的廣告設計，貴子的收入和存款都還過得去，但生下洋一後才是挑戰的開始，所幸在不想向前夫示弱的志氣驅使下，總算撐了過去。因為沒有父親，貴子對洋一的教養更加嚴格，也如願讓兒子考上私立的貴族學校。

「可是，或許是那所學校的門檻太高了，洋一的成績愈來愈差，好像還被霸凌，開始不想去上學……」

從那個時候開始，洋一開始對貴子拳腳相向，也漸漸地完全不去學校，日夜顛倒地玩起線上遊戲。

「原來如此，所以他才經常把遊戲掛在嘴邊啊……」

「不管我說什麼，他都聽不進去。我又是自由工作者，工作時間極不固定，也沒有人可以商量。」

貴子與娘家的關係也不太好，自從變成單親媽媽，就再也沒有回過娘家。

「妳想帶他去學校，所以才發生車禍嗎？」

「其實不是這樣的……」貴子語出驚人地說，「那個是叫遊戲成癮嗎？我懷疑洋一是不是也有遊戲成癮。聽說千葉有家專門治療遊戲成癮的醫院，就想帶他去看醫生。」

「洋一居然會答應。」

貴子搖頭。「我騙他的。剛好幕張有場電玩秀，我說要帶他去，可是他發現我直接開車經過幕張沒停下來，就覺得不對勁，開始胡鬧……」

洋一從後座猛踹駕駛座的椅子，害貴子分心，等注意到前方的護欄時已經太遲了。

「既然如此，那還是意外啊。」

深山說到一半就被貴子打斷了。

「不是，那一瞬間，護欄映入眼簾的瞬間……我心想就這樣吧，一切都隨便了。」

貴子有氣無力地一笑，「想說就這樣吧，就這樣跟兒子一起死掉算了。」

「添野小姐，不是這樣的。出車禍的肇事者因為過於自責，經常會出現竄改記憶的現象。」

貴子猛搖頭。「這已經不是第一次了。」

追根究柢，洋一本來就不是在期盼下到來的小生命。發現自己懷孕時，反而是前夫喜極而泣地說：「太好了，謝謝妳。」貴子明明是被前夫的淚水感動，才決定要生下來，結果卻遭到惡劣的背叛，最後只能獨自生養。單親媽媽根本沒有喘息的餘裕，一找到托兒所就馬上開始工作。沒想到接下來才是地獄般的生活，嬰兒彷彿開了天眼，總在重要的簡報前一天徹夜啼哭、發燒，貴子只能抱著哭鬧不休的洋一，將簡報資料輸入投影片，每天只睡兩小時簡直是家常便飯。

「每次製作隔天早上非完成不可的資料時，抱著徹夜啼哭的洋一搖晃，我都會反問自己：『到底為什麼要生小孩？』」

她甚至還想過，要是就這樣鬆手讓他摔到地上，洋一會死嗎……

「洋一大概也察覺到我的想法……自從開始上學，他就是一個不用操心的孩子。可是……他只是在勉強自己，靠蠻力壓抑自己，而不是基於孝心。如今那股反作用力一口氣爆發出來了。」

我懂妳的心情……身為醫生可不能這麼說。

「妳想太多了。要工作的母親本來就很辛苦，我也是職業婦女，所以我明白。意識模糊中，難免會有一兩次浮現出這樣的念頭，但絕對不是認真的，絕對不是。」

「是嗎？」

「是的，絕對是這樣。添野小姐，妳只是太累了，太自責了。無論是車禍、受傷、還是後遺症，都沒有人是故意的。既然事情已經發生了，不妨冷靜地向前看吧。」

總是冷靜自持的深山難得放大了音量。

在那之後，深山加入黑岩的手術。西郡是第一助手，但西郡和黑岩水火不容，考慮到萬一有什麼意外狀況，今出川命深山前去監視。中階主管苦就苦在必須處理這些亂七八糟的雜事。不過平常要花五到六個小時才能搞定的復發聽神經瘤手術，黑岩只花了兩小時三十分就完成了。這個人對手術需要的空間辨識能力顯然在電腦之上，只能說是野性的直覺。

術後洗完手，她到商店買飯糰。今天的午餐時間只有十五分鐘，中午就有兩台刀要開。需要體力的時候比起麵包，還是白米飯比較好。深山邊吃飯糰，邊看手機裡的

LINE。

「今天不用參加社團活動，四點就能回去，到時候再好好聊唄。」真實傳來的訊息還附上可愛的貼圖。換作平常，今天應該要早點下班去健身房游個一公里，深山從未打破這個習慣。她很清楚年過五十，習慣才是最重要的。為了讓工作能順利地運作，一定要以規律的生活為優先，不能再恣意妄為了。人類會背叛你，但肌肉不會。

深山邊走邊思考該怎麼辦，不知不覺走到洋一的病房前。探頭一看，洋一正心不在焉地望著窗外，似乎在等誰來看他。

深山回到辦公室，拿起置物櫃裡的運動服，又放回去，決定今天打破習慣。

「所以說，級任老師岡野那傢伙實在很誇張。」

真實說得口沫橫飛，聽得深山暗自心驚。真實很早就進入叛逆期，沒想到自叛逆期畢業後，居然能變得如此開朗可親。感覺全身緊繃、煩惱著該說什麼才好的自己，簡直愚不可及。就算不理她，她也能自己說個不停，轉眼間就在約好的咖啡店聊了兩小時。

「已經這個時間啦，肚子餓不餓？」

「餓死了。」

「想吃什麼？」

「咦？可以在外面吃嗎？」真實的大眼睛骨碌碌地轉動，說繼母薰生性節儉，很少在外面吃飯。但深山其實只是懶得自己煮飯。

「偶爾一次沒關係吧。想吃什麼？」

「嗯……漢堡排！」

這部分還是很孩子氣。深山訂好自己常去的飯店牛排館，攔了計程車。

「咦？坐計程車去嗎？」

經真實這麼一說，深山這才反應過來，對高中生而言，搭計程車確實很奢侈，但老實說累了一天，她實在不想再拖著疲憊的身軀擠電車。

「到我這個歲數，時間才是最寶貴的，所以不想再浪費時間了。」深山隨便找個藉口搪塞過去，跳上計程車。

位於飯店高樓層的牛排館也供應漢堡排。母女倆並肩坐在可以看夜景的吧台座位，分別享用牛排和漢堡排。或許是成熟的氣氛讓真實更加亢奮，她的話更多了。深山也將自己交給紅酒的醉意，只要真實問起，便一五一十地吐露出至今從未讓別人知道的私事。真實意外地善於傾聽。

「是喔，媽媽一個人在男人的世界裡孤軍奮戰啊。」

「外科醫生的世界對女人非常不友好。現在雖然已經沒有以前那麼嚴重，但腦外科醫生又是外科中特別難熬的……因為腦子畢竟是一種要打開來才會知道問題出在哪裡的器官，所以很辛苦。」

「這樣啊。」

「就算只傷到一公釐，患者也可能一輩子都不能走路了。更別說只要缺氧三分鐘就會腦死。大腦非常脆弱，還有很多未知的部分，不知道究竟是哪裡受傷，病人才會變得不正常，未知的情況太多了。」

「好像去超危險的地方探險呀。」真實瞠目結舌地說。

「還要輪大夜班，現在一個禮拜只剩一次，可是除此之外的時間，只要自己的病人出狀況，一定得馬上趕回醫院，有時候還得立刻動手術。我常常睡到一半被突然吵醒，就像機師突然收到指令：『這架飛機目前正在失速，請讓飛機安全落地』一樣。」

「呃，這個比喻我聽不懂。」

深山與真實四目相交，相視一笑。她已經幾年不曾朗聲大笑了。

「對了，經常在電視上看到的那個黑岩醫生是媽媽的直屬上司吧？表示他比媽媽厲害嗎？」

「嗯……不相上下吧。」

正當真實又要笑逐顏開的時候，身後的走道傳來中年男子的聲音。

「深山醫生？」

「是你呀，北條先生。」

北條直樹是當紅的演員。東都綜合醫院擔任連續劇的顧問時，負責醫療指導的人就是深山。

「您好，上次真是受您關照了，沒想到會在這裡碰到您。」

「你的血壓還挺高的，別喝太多酒喔。」

「哎呀，真不好意思，被您逮到我貪杯了，哈哈哈。我再送您舞台劇的門票，請務必賞光。」北條說完場面話，轉身離去。

真實看得目瞪口呆。「剛才那個是北條直樹吧？你們認識啊！」

「還好，有過幾面之緣。工作上經常可以見到名人。」

「真了不起。」

真實大概是第一次見到北條直樹，但是得知母親認識名人讓她很激動。

深山不以為意，只覺得真實的這部分也還很孩子氣。

「妳幫我說服她了嗎？」

深山回到家已經過了十一點。哄睡興奮莫名的真實後，她拿起手機，打電話給澤城。他在語音信箱裡留下好幾通訊息。

「她好像還不太願意說。」事實上是她淨聊些無關痛癢的話題，還沒問出真實的煩惱，但是讓對方卸下心防才是心理諮商的基礎……深山在心裡為自己辯解。

「可是她都有從我這裡去上學，我也會盯著不讓她做錯事，別擔心。」

「我換薰聽一下，她擔心得晚上都睡不著覺。」

等一下……深山語聲未落，耳邊已經傳來薰徬徨的聲音，想必她一直在旁邊聽吧。

「那個，不好意思，給妳添麻煩了……」

「別這麼說，好久不見了。」

真實永遠都是自己的女兒。薰動不動就道歉的態度看在深山眼中，難免有點藉題發揮的感覺。

「那個，真實最近正為學校的人際關係煩惱，社團跟補習班也因為這樣經常蹺課，所以我稍微說得嚴厲了點……」

「她的反應還滿平靜的，我想應該很快就會回去了，我也會幫忙說服她回家。」

「謝謝……明明妳工作也很辛苦……」

「沒事的，謝謝妳的關心，我不要緊。我會少排一點班，盡量與真實談談。」

好不容易才掛斷了電話。

深山真的很怕薰，既不曉得哪一句才是她的真心話，而且薰一旦咬定對方，就死活不肯鬆口。外科醫生多半是直來直往的人，沒有她那種類型的。

掛斷電話的手機螢幕發出臉書收到新訊息的通知。

是薰傳來的訊息。因為真實的關係，深山與澤城也靠臉書聯絡，想當然耳，澤城的老婆薰自然而然地加了深山的臉書。要封鎖對方也很麻煩，就乾脆放著不管了，結果一天到晚看到她日常生活的發文，像是在家烤餅乾或孩子的運動會。

與除了聯絡以外根本不用臉書的深山大相逕庭，薰今天發的文也是真實同父異母的弟弟在家過五歲生日的模樣。照片裡的薰脂粉未施，與孩子一起露出滿臉的笑容。

深山認為自己與這個人的距離，或許比人類與外星人的距離還要遙遠。

小機在洋一的掌心裝上接有電極的小型貼片，給他看一張又一張的照片，其中有些是請貴子帶來的照片。從貼片延伸出來的管線，接到真凜等人注視的儀器上。

「這是誰？」

「這是我媽那邊的舅舅。」

「那這位呢？」

「深山醫生。」

小機擅自混入深山的照片，被站在後面的深山踢了一下。

「那這位呢？」

「……長得很像我媽的人。」那是貴子的照片。

「最後是這位。」

「她是我表妹。」

「到此為止，謝謝你的合作，洋一。」

深山瞥了真凜一眼，真凜點頭。這是GSR，又稱皮膚電阻感應器，是很簡單的測試，也是測謊器的基礎。人看到自己的父母會微微出汗，導致皮膚電阻感應器的數值急速上升，但是想也知道，洋一不管看到誰，數值都沒什麼太大的變化。他的卡普格拉妄想症候群已經得到科學上的佐證。

「感覺如何？」

「很好啊。除了只能躺在這裡，很無聊之外。」

「你的腦子裡有受傷的血管，為了不讓血管腫大，引起大出血，一定要保持安靜，明白嗎？」

「明白。」

洋一一臉想打電動想得不得了的樣子。他沒有自覺症狀，住的房間又是周圍有很多重症病人的大病房，也沒有電視，對他而言簡直跟坐牢沒兩樣吧。但若向深山反應，只會換來不假辭色的斥責，所以就閉口不言了。

洋一的手術暫定一週後舉行。動靜脈瘻管的手術要從擴大的程度來進行全面性的判斷。深山告訴洋一，手術將由自己主刀。

「欸——又要切開我的頭啊。」

「以前就告訴過你了不是嗎？別擔心，你一定會變得更聰明。」

「我已經夠聰明了。」

還以為洋一今天的心情還不錯，結果他突然對深山招手，要跟她說悄悄話。

「什麼事？」

「該不會是……那個搞的鬼吧。」

「哪個？」

「當然是外星人啊。」

「我說你啊……這是我自己的判斷。」

在一旁偷聽的小機見縫插針。「她比外星人還要恐怖喔，又大隻。」

真凜一掌拍在小機的腦袋上。

「啊——我不要開刀啦。」

「你不相信我的技術嗎？」

「倒也不是。」

「令堂待會兒就來了。」真凜看著時鐘說。現在是貴子工作的空檔，所以正趕過來。

「那就請你好好地向母親撒嬌吧，但是不能亂動喔。」

深山丟下這句話，前往下一間病房。

在走廊上巧遇正要來探病的貴子。深山告訴她手術的日期，貴子不等她說完，愁眉苦臉地開口：「他最近開始對我說：『叫我媽來看我。』」

「對妳說嗎？」

「沒錯。看也不看我一眼，只是一臉寂寞地說：『可以叫我媽來嗎？』『我媽在哪裡？』」貴子嘆息，「我只能回答：『我想她很快就來了……』」

「添野小姐，再忍耐一個禮拜，動過手術，妄想症應該就會消失了，請耐心等等。」

「好吧……」貴子始終低著頭，愁眉深鎖。

「妳沒事吧。」

「我最近有點睡不著。」

「我開點藥給妳。別想太多，請先好好睡一覺。」

深山要小機破例開點鎮定劑給她，之後便與貴子道別，繼續巡視病房。

真凜與深山並肩同行，噗哧一笑。「好難得啊，深山醫生。」

「什麼好難得？」

「不是開藥給病人，而是開藥給病人的家屬。」

這麼說她才意識過來，自己確實不是個「溫柔」的人。而且置身於腦外科這個生與死拔河的夾縫中，更是下意識地習慣與病人保持距離。

「會在葬禮上哭的傢伙不能進葬儀社。」這是黑岩的口頭禪，深山深有同感。腦外科也必須有同等的覺悟，可是她卻開藥給病人的家屬。

「這次誠屬例外，畢竟狀況比較特殊。」

深山替自己的行為找藉口，但她可能真的在不知不覺間，同情起貴子來。

「開心嗎？」

「什麼？」

「我問妳開心嗎？」

「嗯，開心！」

震天價響的音量打斷深山與真實的對話。真實先是聊到她有個喜歡的搖滾歌手，深山便幫忙弄到票，接著就一起去看他的演唱會了。

黑岩曾幫那位歌手的經紀公司不曉得是社長還是會長來著動過手術，透過這層關係，儘管當天才說要去，仍被安排坐在舞台正前方的貴賓席，真實高興得幾乎要飛上天了。整整兩個小時從頭站到尾，對於年近五十的深山簡直是酷刑，但也只能告訴自己就當是在做運動，強迫自己撐下去。

「好神奇，媽媽，妳太厲害了！」

真實被帶到後台，直接與歌手擁抱了一下。結束後去到餐廳，也眉飛色舞、喋喋不休地說個沒完。吃到義大利全餐的最後一道冰淇淋時，真實冷不防嘟囔一句：

「不能就這樣住在一起嗎？」

「妳說什麼？」

「我是指跟媽媽一起住。從這裡也能去上學，總之先住到畢業再說吧。」

出乎意料的要求，深山不禁無言以對。

「這個嘛，得先跟你爸還有薰討論……」

「妳的想法呢？」

「我的？」

「媽媽想跟我一起生活嗎？」

深山慌了手腳，一時半刻說不出話來。

真實一瞬也不瞬地盯著深山的臉看，隨後莞爾一笑。「媽媽真的很老實耶。」

「什麼意思？」

「因為妳想什麼都會立刻表現在臉上。妳剛才的表情很困擾。」

被她說中了。深山絞盡腦汁只能擠出一句「不准捉弄大人」。

還想再說點什麼的時候，便被真實打斷。

「沒關係，我明白。不過，媽媽還是有把我放在心裡，對不對？」

真實的口吻像個小大人。

「那當然。」

「那就夠了。這幾天已經足夠讓我明白，媽媽有把我放在心裡。所以我能在妳家再待一陣子嗎？」

「妳可以愛待多久就待多久。但有一個條件，妳要好好向爸爸他們講清楚。」

「好。」

真實邊說邊喝冰紅茶。她是這麼懂事的孩子嗎？反而是深山被壓制住了。

「我一直以為媽媽不喜歡我。」真實臉上浮現一絲淺笑，吐露心聲。

「妳還記得我幼稚園大班的園遊會嗎？」

「幼稚園大班……」

「我無論如何都想讓媽媽看我表演，可是媽媽卻從好久以前就說妳那天有很重要的手術不能來……」

深山不記得了。那時候真實五歲、深山三十九歲，正是動最多手術的時候。

「妳不記得啦？我演灰姑娘，那天爸爸帶我去幼稚園，可是我怎麼樣都不死心，特地趕在妳出門上班前坐在玄關等妳，還穿著灰姑娘的衣服。」

當時她每天都要當黑岩的助手，盡可能挑戰各種困難的手術，在丈夫的老家附近租了棟房子，拚命完成黑岩的要求。上司的要求非常嚴格，只要稍有差池，就會換來怒吼，有時候還會演變成手術延期的場面，總之她可說是拚了老命。

「我那時從盆栽後面跳出來嚇妳一跳，還以為妳會說點什麼，可是妳一點也不驚訝，只丟下一句：『我在趕時間。』就走了……」

「有這回事嗎。」深山報以苦笑，內心其實驚慌失措。

「而且在那之後……媽媽一次也沒有回頭看過我。」真實臉上瞬間閃過一絲陰影，「一般人應該會在意女兒的心情，至少回頭看一眼吧。可是媽媽完全沒回頭，就這麼走掉了。當時我真的覺得媽媽一點也不在乎我。」

是這樣的嗎？問題是深山對這件事一點印象也沒有。

「抱歉。我想我當時大概真的很趕時間，因為我那段時間確實有點自顧不暇。」

深山難得找藉口推託。

「沒關係。我這次來了之後就明白了，媽媽其實是喜歡我的。因為演唱會的時候，妳累得都快睡著了。」

真實笑得一派天真，深山從女兒臉上移開視線，一口氣喝光剩下的渣釀白蘭地。

第二天，剛開完下午手術的術前會議，小機來找深山。深山走到大廳，只見薰就站在那裡，說是無論如何都想直接見她一面。深山最受不了她這種不管別人、只顧自己的個性。她大概是擔心打電話會被掛斷吧。

深山無可奈何，勉強撥出十分鐘，與她站著說話。

薰穿著土里土氣的毛衣與長褲。可能是再也等不下去了，才突然跑來找她。上次兩人見面是在真實小學的畢業典禮上，只遠遠地打個招呼，所以已經四年沒見了。

「好久不見。」

「不好意思，我知道妳很忙……」

既然知道，就不要突然找上門來呀——深山硬生生地嚥下這句話。要是直闖深山家，可能會與真實碰個正著。薰說她暫時還不想與真實發生正面衝突，所以才來醫院找她。

真實目前正為啦啦隊的人際關係所苦，有點自暴自棄，社團也愛去不去的，成績受到影響，一落千丈。薰嚴厲地數落她幾句，她就使性子，離家出走了——薰重複著在電話裡說過的話。

「那孩子現在只是在逃避……」

薰露出凝重的表情，但會不會只是表演？會不會只是對自己的反擊？這個人真能把真實當成自己的小孩嗎？從很久以前就存在的疑惑充斥在深山的腦子裡。真的有人能對前妻的孩子視如己出嗎？

深山也把在電話裡說過的話又重複一遍。「總而言之，她好不容易冷靜下來了，我會問她心裡到底怎麼想的。有什麼話到時候再說。」

與此同時，深山的ＰＨＳ響了。

「添野洋一突然失去理智，一直問母親上哪兒去了！」是護理師真凜打來的電話。

深山告訴薰她有急事，轉身就走。薰一臉茫然，但深山早已無暇他顧。

病房裡，洋一正被西郡和幾個護理師按在床上。

「放開我！你們把我媽藏到哪裡去了？媽！」

洋一一口咬定母親一直沒來看他，是被醫院藏起來，意識陷入錯亂，哭得一把鼻涕、一把眼淚，臉看起來比平常稚氣許多。

「你給我安靜一點。」西郡冷酷無情地說，用力抓住洋一的手臂。洋一細瘦的手臂都快被折彎了。深山看了實在不忍心，要西郡把手放開。

「別擔心，你媽很快就來了，聽話。」

聽到深山的聲音，洋一立刻安靜下來，方才失控的暴走彷彿是騙人的一樣。

總之先讓他躺在床上，以靜脈注射的方式施打得安寧鎮靜劑，讓洋一睡著再說。

算準他醒來的時間，深山坐在床邊。

「睡得好嗎？你只是有點累了。」

「我媽……」

「嗯，不巧工作全部擠在一起，所以一時半刻還不能來看你。但你是男人，應該可以照顧好自己吧。」

「我媽為什麼都不來看我？」

「我說了，那是因為——」

「因為我打太多電動嗎……」

看來他的潛意識有在反省打電動的事。

「所以為了懲罰我，才派那種外星人來看我嗎？」

真是諷刺。明明母子倆都惦記著對方，卻無法接收到彼此的心意。深山感到好憂傷。

「不然你教我打電動吧，偶爾一次沒關係。這次我就睜一隻眼、閉一隻眼吧。」

為了轉移洋一的注意力，深山請真凜去拿遊戲機過來。醫生中不乏愛打電動的玩家，有些年輕醫生會利用工作空檔玩。於是兩人開始打電動，可是深山根本沒碰過遊戲機，起初完全不得要領，好不容易搞清楚玩法，還是弱到不足以成為洋一的對手。儘管如此，洋一還是玩得樂不可支。來為其他病人換繃帶的真凜和小機皆以詫異的眼神，看著專心與少年打電動的深山。

到了吃飯時間，深山終於收起遊戲機。

「醫生，妳弱爆了，根本不是我的對手。」

「真不甘心，下次改下將棋吧。如果是將棋，我一定不會輸給你。」

「好啊。」洋一笑得很開心。

「你跟令堂打過電動嗎？」

深山的問題讓洋一臉上頓時烏雲密布。「沒有……我媽討厭電動。」

「這樣啊。偶一為之還挺好玩的，我下次跟令堂說說看吧。」

「真的嗎？謝謝醫生。」洋一露出今天最燦爛的笑容，看樣子他已經冷靜下來了。

深山如釋重負地站起來，離開病房。

那天晚上，深山很晚才到家，真實還撐著不睡在等她，說有話非跟她說不可。東拉西扯地聊了一輪後，深山提起薰來醫院找她的事，也詢問真實關於啦啦隊的煩惱。

「什麼？她連這個都說了！真不敢相信。」

「所以呢，是真的嗎？」

深山開門見山地直指問題核心，這也是長年在腦外科摸爬滾打習得的技巧。

「不是啦！完全不是。真是蠢斃了。」真實一派坦然地否認。

「因為太麻煩了，我不想告訴那個人……其實是男女關係。」

「男女關係？可以不要講得這麼露骨嗎。」

據真實所說，好朋友喜歡的男生喜歡上自己，她對那個人一點意思也沒有，但好朋友一直疑神疑鬼，所以她想暫時與對方保持距離，直到風頭過去。因為是同一個啦啦隊，乾脆連社團活動也不參加了。

「可是啊，我們今天和好了。她好像也知道那個人簡直無可救藥，所以我們明天要去唱歌，慶祝和好。」

「搞什麼鬼……」深山大為傻眼。高一的煩惱也不過爾爾。

後來母女倆換上睡衣，躺在床上繼續聊天。隔天五點就要起床，但深山還是硬撐著。真實從頭到尾都在說薰的壞話，諸如家裡的擺設之沒品味、穿衣服不好看、腦筋不好……就連深山也不得不偶爾數落她兩句，但想讓女兒一吐為快的她，還是聽到最後。

「對了，我想看媽媽工作的樣子。」

「可以啊，妳要來醫院嗎？」

「可以嗎？我要去。我想見識一下手術的過程，雖然有點可怕。」

「嗯，可以啊。」

得到深山的首肯後不到五分鐘，耳邊便傳來真實輕微的鼾聲。

深山開始覺得，聽著別人的鼾聲入睡或許也不是一件壞事。

她確實覺得孩子不在自己的生涯規畫中，但是到了五十歲，在各方面都看到自己的極限時，希望安定下來也是事實。

今後大概還會繼續開刀，也無疑還是東都綜合醫院腦神經外科的中流砥柱。可是和三四十歲的時候比起來，現在的自己已經換到培養後進的立場。這把年紀不能再只顧自己，而是要為別人貢獻一己之力。如果貢獻的對象是自己的孩子，再也沒有比這個更理想的結局了。

試著改變生活方式吧。大腦會不斷追求新的刺激，最喜歡恰到好處的變化，而這些刺激與變化其實意外簡單。有了這樣的起心動念，深山迅速地做出決定。她決定打電話給澤城，討論與真實同住的可能性。

今天是為洋一動手術的日子。

上午進行簡單的檢查並施打全身麻醉前的針劑，下午開始動手術。根據小機的報告，洋一非常緊張，很害怕上手術台。深山只好去病房看他。

貴子也在病房裡，臉上依舊愁雲密布。

「深山醫生……妳老實說。」洋一一看到深山就坐起來，小聲地說，「耳朵靠過來一下。」示意要跟她說悄悄話。

「這也是外星人的策略吧？我好害怕……」

洋一看著坐在角落的貴子說：「妳快點叫我媽來啦。」

深山稍微拉開一點距離，握住洋一的手。

「別擔心，令堂很快就來了，而且手術也很簡單。」

「可是……」洋一惴惴不安地看著角落的貴子。

站在貴子身旁的真凜對貴子說：

「洋一媽媽……對不起，可以請妳先轉過去一下嗎？」

「咦？」

「只要量血壓的時候轉過去一下就好了。看到妳的臉，洋一會緊張。」

雖然殘酷，但現在需要正確的數值。真凜表現出護理師特有的伶牙俐齒安慰她。卡普格拉妄想症候群只發生在腦部辨識人臉的部位出問題時，所以只要別看到臉，就不會產生妄想。

貴子向後轉。心愛的孩子正不安得瑟瑟發抖，自己卻只能轉過身去，這該有多難受啊。深山若有所思地想像貴子的心情時，血壓已經量好了。深山走向背對著的貴子身旁，輕輕地把手搭在她的肩上。

「手術時間約為四到五個小時。今天晚上，等他醒過來，貴子小姐就不再是外星人，所以只要再忍耐一下就好了。」

深山等人離去後，又剩洋一與貴子兩人獨處。洋一面向窗外，一句話也不說，心不在焉地從二樓窗口遠眺走在路上的行人。

貴子彷彿對著牆壁說話似的，對洋一說：

「媽媽先利用這段空檔去開個會，一個小時之後回來。」

貴子站起來，戴上太陽眼鏡和口罩。她對花粉過敏，而今年特別嚴重。走出病房之際，她靜靜地回頭看了一眼，洋一依舊望著窗外。

深山的手機接到澤城的來電，說是有話想當面跟她說。上次告訴澤城她考慮接真實一起住的時候，澤城大發雷霆，大吼道：「開什麼玩笑！」兩人因此大吵一架，但吵了半天也吵不出個所以然來，氣得深山用力掛斷電話。後來改用LINE討論過好幾次，奈何雙方始終各執一詞，完全無法達成共識，終於走到當面談判這一步。

深山提醒澤城：「我只能給你三十分鐘。」配合澤城開車來，兩人決定在停車場見面聊。真實什麼都還不知道。

澤城在製造醫療器材的業務單位工作，西裝革履地站在停車場裡。

「你到底想說什麼？」深山一來就給對方下馬威。

「不好意思，我不認為妳是真的想撫養真實。」澤城重複他在電話裡說過的話。

「我是認真的。我冷靜地思考過現在的工作狀態與真實的生活模式。當然，我也會重新排班，盡可能減少工作，我想這麼一來就能照顧真實了。」

「妳想？只是想？萬一照顧不來，妳要怎麼負責？」

「這個嘛……」

深山一時啞口無言。負責。誰都無法為別人的人生負責。那一瞬間這個念頭浮現腦海。問題是，真實是自己的女兒，不是別人。

「跟我來。」

澤城出其不意地抓住深山的手臂，拉她到停在附近的國產車旁，打開後車廂。後車廂裡有個紙箱，紙箱裡塞滿了筆記本和寫著「聯絡簿」的小冊子、講義等等。

「我以為可以直接見到真實給她看，所以就帶來了，正好妳也看一下吧。這些是薰和真實的交換日記，還有聯絡簿。那傢伙每天都跟真實寫交換日記，沒有一天落下。」

深山拿起一本來看。聯絡簿上有跟小學級任老師的聯絡事項，「家長的叮嚀」欄位以紅字寫著：「好像有點發燒，請老師多留意一下。」「她說昨天營養午餐的炒飯很好吃，回家一直吵著要我做給她吃。」密密麻麻地羅列著平凡無奇的字句。「交換日記」則是延續幼稚園的習慣，一直寫到真實上了國高中。

真實的字從幾乎都是假名，慢慢地漢字愈來愈多。另一方面，薰回覆的字體絕對稱不上娟秀，但這麼多年始終沒有變過。數年如一日，每天從不間斷——

「那傢伙昨晚暈倒了。」

「咦？」

「以防萬一，還是叫了救護車，大概是太勞累，在醫院住了一晚，今天早上已經回家了。只不過……她真的很擔心真實。」

腦海中浮現出薰矮矮胖胖的身影。澤城還在絮絮叨叨個沒完。

薰每天早上要做全家人的早餐，送兒子去幼稚園，回來還得洗衣服、打掃、曬衣服；一個人吃完簡單的午餐再去接兒子，送兒子去才藝班，利用兒子去才藝班的空檔買晚餐的食材；回家先燒洗澡水，接著做晚飯，與真實聊天，然後再陪晚歸的澤城喝杯小酒，洗完澤城喝的酒杯後，寫要回覆給真實的交換日記。即使得不到任何人的肯定，得不到任何人的讚美，即使進入叛逆期的女兒還會罵她「少囉嗦」，依舊牽掛著女兒，直到病倒。

「妳知道真實沒去學校嗎？」

「欸？」

「她這三天都沒去上學。」

不知道。真實今天早上也精神抖擻、蹦蹦跳跳地出門。

「老實告訴妳好了。那孩子的煩惱一點也不單純，她被霸凌了，被社團裡的同學霸凌。這件事，她一個字也沒跟妳說吧。」

心裡的打擊與ＰＨＳ高聲的鈴聲同時降臨，深山反射性地按下通話鍵。

「醫生！添野洋一昏倒了。」

洋一穿著睡衣，被人發現倒在醫院的接駁巴士候車處，那裡離停車場很近，所以深山用跑的衝過去，只見小機和真凜一臉鐵青地站在一旁。

深山等人離開後，洋一從病房望向窗外，大概是看到貴子離去的背影，便一邊喊著：「媽媽、媽媽！」一邊追上去，還甩開試圖阻止他的小機和真凜，一路跑到這裡。因為看不到臉，洋一從背影及氣質認出了貴子，結果倒在這裡。可能是動靜脈瘻管出血，最好不要隨便移動他。急診擔架與深山在同一時刻趕到。

「洋一，洋一！」深山握住洋一的手，對他說話。洋一奄奄一息地睜開雙眼。

「他是我的病人，頭部外傷後動靜脈瘻管出血了，請立刻送到現在有空的手術室，拍完CT[1]馬上開刀。順便通知太田醫生，請他提供麻醉醫師。如果山口醫生有空，就找山口醫生，然後幫他靜脈注射兩毫克的欣立定。」深山指示隨後趕來的急診室醫生。

接獲通知的貴子臉色大變，衝向洋一。「洋一！振作一點，洋一！」

「媽……」

看到貴子的臉，洋一口齒清晰地喊了母親，眼裡流出淚水，露出放心的表情。

貴子大吃一驚地望向深山。

「洋一知道是妳，他從以前就知道妳是他的母親。」

貴子不敢置信地問：「我可以握他的手嗎？」

「當然可以。」深山回道。

與此同時，急診室醫生將洋一搬上擔架。

「洋一……洋一！」

「媽媽。」

「媽媽在這裡，媽媽就在這裡！……媽媽會一直陪著你。」

擔架發出「嘰嘎」的聲響把洋一運走了，貴子稍微落後幾步地緊隨在側。

洋一恐怕是因為視線模糊，才會喊貴子母親。當擴大的動靜脈瘻管大出血，壓迫到兩側名為交叉核的視神經，視力減退就不會產生卡普格拉妄想症候群。換言之，如果只聽聲音，洋一就能認出貴子是母親。不對，貴子本來就是他的母親。

動靜脈瘻管的出血會大幅度提升手術的難度，可是，一定沒問題的。開刀時最重要的莫過於病人的體力，而洋一臉上正露出住院至今最安詳的表情。

手術歷時很久，得先找出異常血管，再老老實實地順著那條血管找到血液從硬腦膜流入靜脈的點。

這是非常耗費心神的作業，所幸最後所有血管都恢復了原本的狀態。而且從出血到手術的時間並不長，對腦部的損傷得以控制在最小範圍內。術野的止血也做得很徹底，深山將縫合硬腦膜及固定頭蓋骨的工作交給西郡，離開手術室。

在放回頭蓋骨的同時，再做一次最後的止血及縫合便大功告成。洋一還年輕，應該能恢復健康吧。

深山脫下手術衣，換上醫師袍，走到等在候診室的貴子身邊。她先向貴子說明手術

1　譯注：即電腦斷層掃描（computed tomography），簡稱CT。

的結果，讓她安心，然後又補充道：

「洋一沒有遊戲成癮。目前美國對所謂遊戲成癮病人已經提出正式的判斷標準，洋一完全不符合那些標準。他只是不想去學校，所以才沉迷於電玩，並不是成癮症狀。」

「這樣啊。」貴子露出意外的表情。

「所謂的遊戲成癮與所處的環境有相當大的關係，環境一天不改變，成癮症狀就無法完全根治。洋一雖然還不算成癮，但現在的環境確實讓他將來有染上遊戲成癮的可能。所以請先改變環境，否則他可能真的會染上成癮症喔。」

深山以略帶強硬的語氣威脅貴子。

「我該怎麼做才好？」

「溝通重於一切。單親媽媽的工作很辛苦吧，可是洋一的人生也很重要。他畢竟是妳的兒子，所以就算要減少一點工作，也請耐心跟他溝通，傾聽他的煩惱，清楚明白地讓他知道他並不孤獨。因為他畢竟還是個孩子。」

深山說到最後，語氣有些激動。就連她也不清楚這句話到底是在說給誰聽。

貴子聞言，淚流不止。

深山去找麻醉科部長，感謝他臨時借調人手參與手術。收拾完手邊的工作，正要重回手術室的時候，她在手術室前撞見真實。女兒身穿制服，一臉無措地坐在走廊長椅上。大概是來找深山的時候，有人告訴她深山在這裡吧。

真實一看到深山，就勉強自己擠出笑容，站了起來。

「媽……今天比較早放學，所以我就想說是不是能來看媽媽動手術。」

妳在學校發生了什麼事？今天從早上出門到現在都在哪裡做什麼？

深山什麼都不知道，也沒打算知道。

一起住了快十天，始終言不及義。這孩子不想給我添麻煩，所以小小的身體塞滿了煩惱，在我看不到的地方，露出了這麼陰暗的表情，卻又要在我面前扮演樂觀開朗的女兒。我卻渾然未覺地炫耀工作上的事，帶她去吃大餐、看演唱會，為此還心滿意足。戴上母親的面具，還在面具上塗脂抹粉，自以為是、一廂情願地心花怒放。

我才是外星人。深山心想。

「臨時跑來也看不到吧。」真實笑著說。她的眼眶比平常紅，或許才剛哭過。

這孩子到底在追求什麼？她顯然是不願意接受痛苦的現實，才想要逃避。但遲早還是得面對問題，挺身作戰才行。

到時候陪在她身邊的不是我，而是薰和澤城。唯有這個事實清清楚楚地擺在眼前。

深山轉身，背對真實。「不好意思，可以請妳回去嗎？」

「什麼？」

「不是回我住的地方，而是妳爸媽的家。妳放在我家的行李，我晚點請快遞給妳送過去。」

「為什麼……妳告訴我原因。」

「因為我接下來會很忙，幾乎回不了家。」

「那有什麼關係，我一個人沒問題。」

「妳很礙事。」

「礙事？」

「妳會干擾到我的工作。」

「怎麼會……我……」

深山不由分說地背對她繼續說：

「我不討厭妳。我愛妳。可是……我選擇了工作。」

說完這句話，深山頭也不回地走向手術室。臉上掛著總讓護理師退避三舍、沒有一絲笑容的「冰之女王」表情。從身後的氣息，可以察覺到真實倒抽了一口氣。

走進手術室，她立刻打電話給澤城，要他來接真實。他大概會不顧一切地飛奔而來吧，恐怕連薰也會跟著一起來。這就是父母。深山無法勝任，無法百分之百把注意力放在兒女身上，無法成為像他們那樣的父母，這已經是自己的宿命了。

不要回頭。

絕對不要回頭。

深山只能這樣告訴自己。

感覺手術室的門，突然變得好遙遠。

深山坐在飯店的游泳池畔。

在那之後，手術順利完成，洋一也沒有留下後遺症，與貴子一同出院。他似乎對遊戲機被沒收頗有微詞，但也說他會學著下將棋，露出陽光般燦爛的笑容。

聽說真實回到澤城家後，請假去看了心理醫生，說不定會休學。但這也沒辦法，總好過自殺。她才十六歲，心靈就跟身體的臟器一樣，有的是機會修復再生。

深山戴上泳鏡，跳進游泳池。花一小時游完一公里是她的習慣。她不想改變週一、週五花一個半小時游泳的習慣。對她而言，為別人改變自己的生活步調，才是最大的壓力來源。

「不用受到任何人的制約。」今出川問她游泳有什麼好處時，她是這麼回答的。待在水裡十分自由，沒有人會侵犯她。除此之外還有一個好處，那就是不用跟任何人說話。

深山緩緩地伸直手腳，以自由式劃過水面前進。今天腦海中也浮現真實的臉。在醫院走廊上，惶惶不安地看著自己的臉。

淚水奪眶而出，與泳鏡裡的積水一起融入游泳池的水中。游完一公里時，淚水大概就會流盡吧，只能讓水位增加微乎其微的一點。

這樣也好。就讓泳鏡藏起淚水，爬上游泳池畔的時候再若無其事地摘掉。這二十年來，她都是這樣活過來的。

游了又游，眼淚始終不肯停下來。

今天可能得游上兩公里才行，可是她一點也不累。

第二章　我已經死了

手術漸入佳境。

「顯微解剖刀。」

黑岩健吾盯著手術用顯微鏡，雙手一刻也沒停下來，就連嘴巴也不曾停歇。

「哇……這個蜘蛛網膜下腔出血也太嚴重了吧！真棘手。」

先從顱底進行血管繞道，再栓塞住巨大的腦動脈瘤。這是腦外科中難度最高的手術，若以登山來比喻，相當於聖母峰。此刻黑岩正手腳並用地往山頂上攀爬。

「彎頭剪刀，然後再給我一次解剖刀。」

助手及傳遞器械的護理師、麻醉醫師，以及其他想觀摩「世界首例」的手術，從其他醫院慕名而來的醫生，共十多人圍在黑岩四周。沒有人敢發出聲音，只是目不轉睛地盯著監視器裡拍攝到的開顱術野。

望文生義，這是長在顱底的腦動脈瘤。要抵達病灶，必須先透過顯微鏡慎重地用開顱鑽削下顱底部分的頭蓋骨，然後再從腦組織的間隙前進，直至找到動脈瘤。顱底長滿了蜘蛛網膜，也就是有如蜘蛛網般縱橫交錯的腦膜。必須用剪刀剪開，而且絕不能傷到蜘蛛網膜上縱橫交錯的細小血管、其他重要血管、神經、細胞等一絲一毫。

但凡血管、神經稍有損傷，就會留下後遺症，搞不好還會出人命，這項作業等於是在滿是地雷的叢林中前進，而且還不能碰到任何一片葉子。

然而，黑岩的速度快得驚人。

腦部是要打開來看才能見分曉的世界。切除腫瘤的同時，周圍神經軸突纖維束的方向便會隨之移動，腫瘤本身的位置也會隨腦脊髓液的流出而產生變化。手術的狀況會隨這些不確定的要素不斷改變，因此手術中要隨時拍攝ＭＲＩ磁振造影，比對手術前的ＭＲＩ，在腦中構築成立體的數據。這就像用類似汽車導航的手術導航系統，一面確認神經、血管、腫瘤的位置，一面動手術。

導航難免會有誤差，但一般人也只能仰賴它。平凡的醫生只能看著監視器，戰戰兢兢地進行，但黑岩下刀毫不遲疑，彷彿一切都在他的掌握之中，幾乎不用看監視器，每個動作與其說是神速，不如說是心無罣礙地執行作業，精準的程度令人大開眼界。這些都要歸功於他出類拔萃的空間感知能力與經驗。

而且出血量少之又少，這點在手術的進行上占了極大的優勢。就像被夠銳利的日本刀砍了一刀，甚至不會流血。

轉眼間，他就抵達大腦底部的動脈瘤。

「很好，看到了。開始計時。」黑岩的聲音響徹手術室。

動脈瘤是指動脈血管有一部分因某種原因，像烤麻糬般膨脹起來的狀態，就像麻糬烤過頭會爆開那樣，瘤如果放著不管也會破裂出血，太嚴重的話還會有生命危險。治療方法通常是用鉗夾夾住腫脹的腫瘤根部，阻止血液進入瘤腔內。這麼一來，腫瘤就會自然消滅。然而，若腫瘤過於巨大，無法用鉗夾夾除的話，就得暫時遮斷腫瘤前後的血管，在那裡裝上新的「通道」，亦即進行所謂的繞道手術，讓血液繞道而行，藉此消滅腫瘤。

先從手腳取出另一條血管，將該血管與腫瘤前後的血管縫合，製作「通道」，以上就是所謂的動脈瘤繞道手術，堪稱鬼斧神工。為什麼這麼說，只要與心臟的繞道手術比較便一目瞭然。

心臟外科也有繞道手術。製作「通道」的作業大致相同，都要阻斷血液的流動，把血管接起來，但困難程度天差地別。

首先，相較於心臟手術可以有比較大的術野，顱底手術的術野小得不得了，有如從針孔窺探；想當然耳，手的行動範圍也受到相當多限制。其次是必須在遍布著脆弱血管及神經的情況下進行，只要有一點點失誤去傷害到神經就足以致命。不僅如此，腦部遠比由肌肉構成的心臟脆弱太多，再加上大腦很怕缺血缺氧，一旦栓塞、受到破壞，就無法恢復原狀。阻斷血液的流動時，也沒有用來代替讓血液循環的人工心肺機，而且腦血管比心臟的血管細多了。

手術時間也短之又短，腦部的血液循環最多只能暫停二十分鐘，倘若不能在二十分鐘內縫合血管，病人就會死亡。

助手按下電子馬錶，時間從「20：00」開始倒數，黑岩的眼神變得銳利。

「動作快！」

黑岩從病人的頭皮取下直徑一公釐的血管，與動脈瘤附近、緊鄰著腦幹部分的另一條一公釐的血管以半公釐的間隔縫了九針，縫合兩條血管。盯著手術用顯微鏡的雙眼睜得更大了。

「剩下十五分鐘。」

黑岩的技術足以跟在米粒上刻字的作業匹敵，不僅要在二十分鐘內完成手術，還得在腦內進行，稍有不慎就會導致病人死亡。黑岩再怎麼輕佻，這一刻也沉默不語。

「剩下十分鐘！」

黑岩開始加快速度。只見精準的技術加快，精神也變得激昂。

「呼……」下一瞬間，黑岩停下手邊的動作，喘了一口大氣，「繞道手術結束。」

黑岩的手從畫面中消失，監視器裡只剩下以一定間隔縫合，有如工業產品般完美的血管。所有看著監視器的人，皆情不自禁地為之屏息。

「好快。」助手及麻醉醫師都發出似是讚嘆，又像不知所措般的聲音。

「沒想到能以這麼快的速度完成。」

最困難的部分結束了。

「很好！接下來只要處理好動脈瘤、刮除脂肪就行了。我要衝刺嘍，跟上我的速度。顯微止血鉗。」黑岩的語氣一下子變得輕鬆起來。

負責傳遞器械的護理師行雲流水地遞出工具。好幾種雙極電刀、剪刀、開顱鑽、解剖刀……所有的手術器具都是配合黑岩特別訂製的產品。如果黑岩的大手拿起來不順手，就無法勝任爭分奪秒的微創手術。必須以公釐為單位進行修正，所以在世界各地的醫院飛來飛去的黑岩一回到日本，各種專業醫療器材廠商的業務員，便總跟在他屁股後面轉來轉去。黑岩是第一位榮獲頂尖手術刀榮譽的日本人，唯有全世界最偉大的腦外科醫生方能獲此殊榮，所以再也沒有比讓黑岩使用自家的工具更有效的宣傳。

「哦，真不賴，縫合得很漂亮，像是用熨斗熨過一樣平整。這麼一來，預後肯定會比想像中理想。」

黑岩得心應手的時候很聒噪，但是沒有任何人對此做出反應，因為所有人都知道黑岩有多可怕，絕不允許有人在手術室犯錯。也知道曾經有護理師遞錯夾子，在長達八小時的手術過程被從頭罵到尾，罵到辭去腦外科的工作。還有菜鳥醫生因為開顱技術太差，被黑岩踹了一腳不說，甚至被調到別家醫院的傳言。

「很好！接下來只要縫合頭皮即可，要注意血壓和引流管理喔。」

黑岩停手，把後續處理交給剩下的工作人員，離開手術室。手術室裡的氣氛這才終於放鬆一點。

這裡，是以黑岩為中心運轉的世界。

「不是我吹牛，意外地簡單呢。嗯，我個人也認為自己表現得近乎完美。」

術後邊刷手，黑岩邊志得意滿地對一旁的助手吹噓。對他來說，直接對掌管人類的大腦這個至高無上的器官下手，那股興奮與激昂是無可取代的樂趣。即使是黑岩這個等級的醫生，也不是每場手術都能如意料中順利完成，但今天完全在他的掌握之中，是一年也不見得能出現一次的手術。黑岩的腦子釋放出腎上腺素，一派天真地拍了拍助手的肩膀。

在手術室裡冷靜得宛如深謀遠慮的老人，出了手術室，舉手投足卻充滿孩子的稚氣。如同古往今來的天才，黑岩體內同時住著大人與小孩。助手只能盡量對心情瞬息萬變的腦外科皇帝，回以尷尬又不失禮貌的微笑。

向病人家屬說明手術的結果、觀察患者的恢復狀況、做出術後管理的指示，之後就是難得的休假，而且不用接受採訪，唯有酒和女人能消除體內的火熱。一思及此，他的心情愈發愉悅。

「工作與玩樂都要全力以赴」是黑岩的座右銘；以威士忌的酒香與女人甜美的香水味來抑制腎上腺素是他的論調。

「黑岩醫生，剛才有女人來找你，我說你正在動手術，她說那她在大廳等你。」

一踏出手術室，腦外科次長深山瑤子就叫住他。黑岩正式的職稱是東都綜合醫院腦神經外科的顧問兼副部長，世界各地的醫院都搶著要他去動手術，所以黑岩除了東都綜合醫院以外，在國外兩家醫院、國內三家醫院都有工作。其中以東都為據點，因此特別棘手的疑難雜症、只有黑岩才能處理的病人都會從日本各地湧入東都綜合醫院。黑岩每年都會在東都待上三個月左右，為他們動手術。

「女人？是我的粉絲嗎？又來了。」黑岩做出一如既往的輕佻發言。

深山也回以一如既往的冷笑。「她說三十分鐘後再來。年約四十，職業大概是酒店的媽媽桑。是不是來找你收帳的？至少不是病人。先說好，在銀座酒店賒的帳不能報帳喔，就算你要了收據也不會受理。」

只有這個女人敢對「世界級的黑岩」這樣說話。

黑岩冷哼一聲。「我才不去銀座那種老氣橫秋的地方，我只去六本木的酒店。」

「跟酒店小姐交往真的有那麼好玩嗎？」

「就因為是酒店小姐才好玩啊。」

黑岩的日子過得極為忙碌。學會、國際研討會、工作坊……若不頻繁地出席這些會議、展現技術、露臉，就無法讓知名度傳遍全世界。除此之外，黑岩長相端正、眼神銳利、玉樹臨風，還頂著「腦外科頂尖手術刀」的頭銜，非常受媒體歡迎。是故每天除了開刀以外，還得利用空檔接受採訪。腦外科醫生本來就需要三頭六臂，但黑岩的厲害之處，在於忙得不可開交還能抽空「遊戲人間」。

五十三歲。既沒有離過婚，也不想結婚。堅持只跟酒店小姐逢場作戲。對於享譽全球，有錢有名又單身的腦外科醫生而言，良家婦女就像不知何時會破裂的動脈瘤，太可怕了，不能碰。提到女人，天才腦外科醫生必須比實習醫生更慎重、更無情。

有名年過四十的長髮女子站在大廳裡。黑岩想起來了。她是吉永玲子。六年前，玲子是個沒沒無名的演員兼陪酒小姐，一面演戲，一面在號稱六本木最高級的夜總會每週上三天班。

因為是女演員，不方便陪同進場或出場，既然如此就正常約會吧……在這樣的藉口下，兩人一起吃了幾頓飯，也上過幾次床。他發現玲子比想像中更有野心，想借黑岩的名氣推銷自己，於是他及早斷了關係。玲子說她不想分手，卻又擺明只貪圖黑岩的錢，所以黑岩給她一筆分手費，並以每個月至少貢獻一百萬以上的大客戶身分，透過夜總會的老闆向她施壓，暗示她別再對自己有任何非分之想，好不容易才斷個乾淨。和酒家女交往的好處就是無論發生什麼事都能用錢解決，但是對黑岩而言，玲子是好幾年才碰到一次的燙手山芋。

「好久不見。」玲子冷若冰霜地說。

「好久不見。有何貴幹？是說我們之間應該已經沒有任何瓜葛了。」

「你還是這麼冷酷呢，性格惡劣這點跟以前一模一樣。」

黑岩不屑地冷笑。「但我開刀的技術可是一流的。」又接著說，「又想來要錢嗎？妳永遠都在找金主呢。該不會到手的肥羊溜走了，所以來找我借錢？」

「才不是呢，有事找你的不是我。」

這時，有個年約五六歲的男孩手裡拿著冰棒，衝向玲子。「媽媽，幫我打開。」

玲子蹲下來幫他打開冰棒的袋子。黑岩一頭霧水地看著，玲子以不帶一絲感情，彷佛對店員說「再給我一根冰棒」的語氣說：

「喔，他是你兒子，當時懷上的。從今以後就交給你照顧了。」

男孩一臉天真無邪地抬頭仰望他。黑岩彷彿聽見腦子裡動脈瘤破裂的聲音。

「我說……為什麼我非得照顧小孩不可？我又不是保母。」

第二天，小機幸子對護理師小澤真凜抱怨。

「別那麼大聲，會被他聽到啦。」

真凜望了男孩一眼。他名叫保，正一臉無辜地坐在護理站角落看故事書。

「長得像黑岩醫生嗎？」小機歪著脖子說。

「嗯……怎麼說呢。都說男孩子長得像母親。不過以五歲的小孩來說，他好乖巧啊。即使母親不在身邊也不哭不鬧，一直安靜地坐在那裡。」

「就是說啊。乖巧這點跟黑岩醫生一點也不像。」

「對呀，如果是醫生的兒子，這時候肯定已經發起瘋來，至少打破一塊玻璃了。」

黑岩曾經被手術時犯錯的臨床檢查技師惹毛，手術後拿起放在走廊上的花瓶扔向窗戶，打破玻璃。從此以後，花瓶就從東都綜合醫院裡消失，算是醫院很有名的傳聞。

「可是啊，黑岩醫生那麼忙，再怎麼說也不可能照顧小孩吧。」

「他還說自己討厭小孩。可是那孩子也太可憐了……」真凜看著坐在角落的保，輕聲說道。

「就是說啊。給他點糖吃好了。」

小機從袋子裡抓出幾顆不曉得是誰買來的糖果，拿給保。

「小弟弟……你叫保對吧，要吃嗎？」

保一聲不吭地看著小機。

「你喜歡什麼口味？葡萄？水蜜桃？還是檸檬？」

「……請問有蘋果口味嗎？」

「咦？你好有禮貌啊！有蘋果喔，給你。」小機把糖果遞給保。

「你真是個好孩子，已經會用敬語啦。嗯，好聰明。莫非是遺傳到你爸爸？」

小機說道。真凜拍了她的腦袋瓜一掌，小聲地提醒：

「別胡說八道。這孩子什麼都不知道吧。」

是嗎……小機搔搔頭。

保冷不防冒出一句：「謝謝阿姨。」

「阿、阿姨?!」

這句話逗得真凜捧腹大笑。

這時黑岩臉色極為難看地從她們面前走過，看也不看保一眼。

自從昨天的手術結束到現在，過了驚濤駭浪的半天。

當玲子拋出一句「他是你兒子」，把保推給黑岩的瞬間，她的手機便響了。玲子走出去接電話，然後就直接跳上計程車走了。黑岩想打電話給她，卻連電話號碼都不知道。無計可施之下，只好打電話報警。但警方一時半刻也找不到玲子的下落，最後只說會想辦法查出她的地址，避之唯恐不及地離開了。

顧慮到護理師及醫院員工的目光，也不能把孩子丟在醫院裡不管。黑岩帶保回家，但是整夜無法闔眼。好不容易捱到天亮，決定直接把保帶來醫院。見黑岩走投無路的模樣，深山……不止，整家醫院的人都在背後嘲笑他。黑岩從未經歷這麼大的羞辱，「世界級的黑岩」居然淪為笑柄。黑岩走向診間。

患者兩年前因車禍受了外傷，也就是被車撞了。大腦受到挫傷的中年男子正坐在診間裡。當時剛開完另一台刀的黑岩正好在場，由於是只有他才能處理的重傷，所以便為男子動了緊急手術。男子撿回一條命，包括復健在內，在醫院住了三個月後順利出院。那個病人無論如何都希望黑岩能再幫他檢查一次。

很好，現在就專心地面對眼前的患者吧。黑岩告訴自己。

此人名叫神戶耕一，是名五十四歲的男性。

明明是夏天，他卻穿著長袖襯衫，無精打采地坐在門診外的椅子上。黑岩一看到走進診間的患者，立刻想起當天的狀況。

神戶在貿易公司上班，離過一次婚，目前單身，興趣是衝浪，是個「看上去玩世不恭」的大叔。這部分與黑岩臭味相投，幾次偶然間經過，看到他在復健時，順口聊過幾句話。神戶的穿著打扮很有品味，個性開朗又風趣，但今天樣子不太對勁，頭髮亂七八糟，長褲的腰帶也沒有繫緊，邋遢地垂下一段，眼角甚至還有眼屎。突然對外表毫不在意很可能是憂鬱症的病徵。黑岩姑且先堆起滿臉笑意，顧盼自雄地朝他打招呼：

「嗨，神戶先生。近來如何？還常痛嗎？」

「醫生……」神戶雙眼發直地凝視黑岩，表情十分焦慮。

「怎麼啦？今天有什麼地方不舒服嗎？」

「我來是因為有件事想拜託醫生。」

「什麼事？別想跟我借錢喔。」

說這種話是黑岩的特權，若出自其他醫生口中，就顯得太過於輕佻了。

但神戶連表情也未動分毫。「跟錢沒關係，我想請醫生幫我主持葬禮。」

「什麼葬禮？……誰的葬禮？」

「我的。」神戶正經八百地回答。

外頭傳來警車由遠而近的警笛聲，聲音愈來愈靠近，直至停止。

「什麼我的葬禮？……你這麼年輕就要舉行生前告別式嗎？」

「誰在跟你說生前告別式，是我的葬禮。醫生有義務幫我主持。」

「我完全聽不懂你在說什麼。為什麼要舉行葬禮？為什麼要我主持？」

就在這一刻，診間的門開了，兩位穿著制服的警官與護理師神色倉皇地一起走進來。黑岩還以為是有人為保叫了警察。

「你就是黑岩醫生嗎？」

「喂喂喂，等一下，再怎麼樣也不能進診間啊。先在外面等一下，我馬上來。」

「不行，等不了。」

「為什麼？」

「因為有人打電話報警，說你涉嫌殺人。」

「咦，欸？什麼，涉嫌殺人？」

黑岩臉色大變的同時，神戶面無表情地舉手。「是我，打電話報警的人是我。」

「什麼？」忍不住發出錯愕的驚呼。

「呃……神戶先生，你到底在說什麼？」

「因為我被醫生殺死了。」

「……啊？」

「我已經死了。」

「這叫科塔爾症候群。」接獲小機的報告，深山解釋給她聽。

「科塔爾症候群」是放眼全球也極為罕見的病例。患者感受不到自己還活著，所以會一心認定自己已經死了、是個幽靈，或是因為已經死了，身體也開始腐爛了，是一種腦功能障礙。不同於「想死」的自殺念頭，而是認為自己已經死了，已經不存在於這個世界上。就連黑岩恐怕也是第一次看到科塔爾症候群的病人，可見有多稀奇。

「難怪就連黑岩醫生也有些手足無措。」小機促狹地說。

向警官們說明原委，請他們離開後，黑岩向神戶問診，但他完全答非所問。

「慢著，神戶先生，你說你已經死了……那現在站在我面前的這個人是誰？」

「神戶啊。」

「神戶先生？你不是已經死了嗎？」

「沒錯。」

「但你不是在說話嗎？而且還走到這裡。」

「沒錯，但我已經死了。」

「等一下，死人不會說話吧？那你現在怎麼還能說話？」

「我也不知道，但我已經死了。」

「你沒死」、「我死了」，這樣的雞同鴨講持續了三十分鐘，最後是黑岩請護理師為神戶做ＭＲＩ核磁共振，離開診間。

在那之後，深山在電梯裡遇見黑岩，明知故問：「你平常都充滿活力到近乎聒噪，難得看你一臉死氣沉沉的樣子，是因為那個女人嗎？」

「不只是女人的問題，還有男人，剛才來看診的病人。」

「我聽說了，聽說是科塔爾症候群？我記得神戶先生是右額葉損傷對吧？」

「沒錯。是我把他從鬼門關前拉回來。傷得那麼重，居然只花了三個月就能出院，目前雖然還在請假，但也算是回到工作崗位上了。我的醫術還是這麼厲害。」

「既然如此，那你可得好好地幫人家檢查喔。你還會在日本待一陣子吧？人畢竟是你『殺』的。」

這傢伙根本是在尋我開心。

黑岩氣歸氣，但即便是天才外科醫生如他，這次也被堵得說不出話來。

接下來又是驚濤駭浪的一週。

就算帶保回家，也因為還要工作，不得不僱個臨時幫傭。這時他接到玲子來電未顯示的電話。玲子知會黑岩，保目前在哪裡上幼稚園，還說她已經請快遞送來保的衣服，以及三個月後會來接他。

「開什麼玩笑！妳想拋棄孩子嗎？我會報警喔。」

但這女人完全不吃威脅這一套，單方面地掛斷電話。

醫院有時候也會接收疑似受虐兒的小孩，所以基於工作上的脈絡，他在兒童保護中心也有認識的人。黑岩打電話過去，就連相熟的社工也說他人生沒聽說過這麼過分的事，幫他向警方通報，但最終的判斷還是只能由黑岩照顧保。黑岩很清楚兒童保護中心有多麼忙碌，所以也不好提出無理的要求。

是夜，自家寢室裡，特大號的床上睡著一個小小的人兒。

真是的……黑岩討厭小孩。小孩聽不懂人話，還會突然撒潑，喜怒無常，注意力渙散，說也說不聽。就跟值班的時候每兩天都會出現一次，半夜喝醉摔破腦袋、被救護車送來的醉漢一樣。醉漢還可以注射長效型精神安定劑讓他們冷靜下來，問題是又不能給孩子扎一針。

黑岩嘖舌，坐起來伸了個懶腰，脫下睡袍。昨天喝醉，穿著睡袍就睡著了。花大錢僱的臨時幫傭會一直待到保睡著才走，所以黑岩不想太早回家，不僅硬是開刀開到深夜，還去了常去的酒廊，喝了兩支葡萄酒才回家。

「你不穿衣服睡覺啊？」

背後突然傳來聲音，黑岩嚇得跳起來。「搞、搞什麼啊，你還沒睡啊。」

保面無表情地直盯著黑岩看。

儘管被母親拋棄，在素未謀面的男人家裡住了一個禮拜，臉上卻從未浮現出喜怒哀樂的表情，始終置身事外，偶爾一瞬也不瞬地盯著人看。真是個不討喜的小鬼。黑岩本來就不喜歡小孩，這小鬼尤其討人厭。黑岩在心裡恨恨地罵著髒話。

黑岩為許多小孩動過腦瘤、癲癇、頭部外傷的手術。雖然單身，其實接觸過許多小孩。小孩的腦充滿可塑性，大人根本比不上，即使有所損傷，復原的速度也快得嚇人。這麼說可能很缺德，但腦外科醫生或急診室醫生都很樂於救治兒童的腦損傷。想為顯然很快就能恢復健康的病人治療是醫生的天性，黑岩也不例外，但手術後不像面對成人病患那樣，有機會深入接觸兒童患者。病人痊癒純屬醫學上的喜悅，頂多只能讓他更顯著地確認自己的技術而已。或許是察覺到這一點，小孩子也不會主動靠近黑岩。然而，就算是那些小孩，也不會像這樣以試探的眼神看人。

「要你管，是睡袍剛好鬆開了……話說回來，早上起床不用打招呼嗎？」

保一句話也不說，只是直勾勾地盯著黑岩。

「打招呼，打、招、呼。你的早安呢？」

保跳下床，像只悶葫蘆似地走向廁所。

黑岩啐了一聲。

「真是難纏的小鬼。別弄髒我的廁所喔。要保持乾淨，保持乾淨！」

黑岩最討厭衛浴被搞得髒兮兮。之所以租下這棟大樓，也是被飯店式管理的乾淨衛浴吸引。雪白的牆壁與洗臉台，每週都會請人打掃一次。這種跳脫日常的清潔令黑岩愛不釋手。正覺得保雖然是個難纏的小鬼，至少還挺有規矩，下一秒耳邊就傳來「淅瀝嘩啦……」宛若水龍頭沒有關緊的水聲。

「等等，你在幹嘛？喂！」

衝進廁所的時候已經太遲了。廁所與洗臉台皆以白色統一，或許是睡昏頭了，保錯把洗臉台當成巨大的小便斗，正睡眼惺忪地站在洗臉台前豪爽地尿尿。

交給幫傭善後，黑岩逃命似地前往醫院，果然還是待在醫院裡最舒心了。

「鑑定報告出來了。」名叫高木的六十歲男性站在大廳裡等他。

兩人初次相遇是在六本木一家夜總會，交情始於總是指名同一個小姐，非常談得來。剛好對方在也幫警視廳驗ＤＮＡ的教學醫院上班，黑岩請他幫忙做親子鑑定。網路上看到的親子鑑定，通常都只是把檢體送到國外的鑑定機構，可信度堪虞，黑岩的自尊心也不容許他低頭拜託東都綜合醫院的其他科幫忙。

他把高木拉到沒人看見的地方，劈頭就問：「結果如何？」

他總是很小心避孕，保險套從不離身，應該不可能有私生子，但高木的回答令他跌破眼鏡。「醫生，不會錯的，是親子的可能性高達百分之九十九點九。」

高木說道，拿出鑑定報告給黑岩看。黑岩看到報告上的數字，感覺眼前一黑。

「這個……有沒有可能是哪裡出了差錯？」

「單以我們家來說，不太可能出差錯。畢竟我們家是警視廳公認的鑑定機構，如果你不相信，我也可以幫你轉介別家鑑定機構，但實不相瞞，我認為只是浪費錢。」

報告上寫著「為親子關係之可能性超過百分之九十九點九」。

那個小鬼是自己的兒子……我的兒子……怎麼可能。

「黑岩醫生？撐著點。醫生？」

「啊，不好意思。我知道了。」

「醫生，人生充滿了意外，改天再去六本木痛快地瘋一場吧。」

黑岩無言以對，連再見也忘了說，腳步虛浮地離開大廳。

「你的表情跟死人沒兩樣耶。」

前往會議室看神戶的ＭＲＩ磁振造影途中，背後傳來小機的調侃。腦外科的工作人員全都經由深山口中知道他的事了，沒想到就連這麼菜的新手醫生也對他投以同情的目光，他可是「世界級的黑岩」耶。

「接下來該怎麼辦？雖然說如果不是醫生的兒子，是也可以交給警察……」

「我想一下。」

「保是黑岩醫生的兒子嗎？這麼說來，你們的鼻子長得很像。」

「誰告訴妳他是我兒子了。」

「可是真的很像啊，冷淡的態度也一模一樣。」

「閉嘴。」

黑岩一踏進會議室，就從電腦裡叫出神戶的ＭＲＩ檢查結果。

「原來如此，原來是這麼回事。」

黑岩的喃喃自語引起小機的反應。「怎麼回事？」

「妳看，下視丘與頂葉皮層這部分，也就是神戶先生上次車禍時受傷的地方，當時處理好的傷口有一部分瘢痕化了。」

「什麼意思？」小機看著ＭＲＩ的成像問道。

「下視丘是與有意識的自覺息息相關的部位，頂葉則是與外在自覺息息相關的部位，神戶先生這部分的功能變差了。換句話說，他無法感受到任何外來的刺激，無論是好吃、好熱、風好大、喜歡這個人、討厭這個人、還是愛與恨……」

「什麼？無法感受到情緒的意思嗎？」

「沒錯，對於世間的一切都沒有『真實感』。」

「太慘了。」小機雙眉緊蹙。

「因為什麼都感受不到，所以大腦就判定自己已經死了。」

「這真是太慘了。」

「沒錯，但他恐怕連覺得自己很慘的情緒都沒有了。」

「完全感受不到身為人類的情緒嗎？」

「這就是科塔爾症候群的症狀，認為自己已經死了。」

兩人走向神戶正在等候的診間。神戶還是一臉陰鬱地發著呆。

「神戶先生，你今天沒叫警察了吧。」小機釘了他一句。

「沒有……」神戶回答得模稜兩可，黑岩忍不住四下張望。

「黑岩醫生，麻煩你了。」在小機的催促下，黑岩好不容易恢復醫生的表情，指著電腦中的磁振造影向神戶說明。

「這樣啊。」神戶面無表情地回答。這也不能怪他，畢竟他什麼也感覺不到，自然也不知道該問些什麼，又該從何問起。

「可是不瞞你說，我也不確定原因出在哪裡，只知道大概是這部分出了問題，這就是科塔爾症候群的特徵。」

「有辦法治好嗎？」

大腦的奧妙就在於，即使是這種情況下，還能正常地對話。明明真心認為自己已經死了，還能問問題。

「根據國外的論文，利用電擊療法似乎能暫時好轉，但終究只是一時的效果，有人會慢慢好轉，也有人永遠都是這樣。或許動手術切除瘢痕化的部分就能根治，但這個部位非常難處理，可能會有生命危險，所以不敢推薦你動手術。」

黑岩心想，對認為自己已經不在人世的患者來說，有什麼生命危險可言？但還是接著說：「神戶先生，請你先回想起以前的自己。以前的自己曾經那麼快樂不是嗎？」

「有嗎？」不知為何，是小機替他反問。

黑岩彷彿要回答小機的問題似的，開始說起神戶的過去。神戶出車禍受了重傷，被送來醫院，撿回一命後，有許多親朋好友來探望住在單人病房的他，其中也不乏很多令人眼睛為之一亮的美女。身為大型貿易公司的下屆董事候選人，神戶長得相貌堂堂，離過一次婚，穿著義大利的手工西裝，打扮得很瀟灑，想必過著衣食無虞的生活。

「是喔……」即使聽到這些，神戶的反應還是很遲鈍。

「神戶先生確實長了一張女人會喜歡的臉喔，嗯。」小機自以為是地補充。

「你跟親朋好友有聯絡嗎？現在雖然向公司告假，還是盡可能跟人接觸比較好喔。你有很多朋友不是嗎？」

「或許吧。」

「那就這麼辦吧，神戶先生。總之先約其中一個人吃飯，下次回診向我報告你們交流的情況，可以嗎？」

神戶也不點頭，只是目不轉睛地盯著黑岩看。

「我好感動。」小機對正在護理站看住院患者病歷的深山說道。

「感動什麼？」

「黑岩醫生居然能對病人說出那麼像樣的話。」

黑岩平常都把術前說明推給深山，只在開刀前一天告訴病人：「沒問題，我一定會治好你。」再跟動完手術、清醒過來的病人握手道別。

這幾乎已經成為他的例行公事，也是唯獨黑岩才有的特權。儘管如此，大家還是把他當神拜，即使從未見他仔細地問過診。

「大概是因為他與神戶先生年齡相仿，從他身上感受到什麼吧。」

「在同為單身貴族、自稱很有女人緣的地方產生共鳴嗎？」

就在這個時候，走廊上響起護理師淒厲的尖叫聲。

發生什麼事了？深山與小機，還有其他在場的護理師們全都跑到走廊上。

有個年輕的護理師正大驚失色地看著走廊前方。深山衝上前去，只見天花板挑高的大廳相當於四樓部分，神戶正試圖跨過鏤空的圍欄扶手。一旦翻過欄杆，就會倒栽蔥地摔向一樓的地面。

深山連出聲的時間都捨不得浪費，衝向神戶，以擒抱的方式把他從欄杆上拖下來，一起倒在地上。真是千鈞一髮。神戶也沒有抵抗，只是一臉彷彿靈魂出竅地面向深山。

諷刺的是，認為「自己已經死了」的科塔爾症候群患者中，也有人會反過來認為「既然已經死了，不管做什麼都不會再死一次」，從而產生錯覺，自以為是九命怪貓、無所不能。神戶正是如此，覺得搭電梯很麻煩，不如直接跳下樓回家。這也是一種自殺念頭，或者說是自殺願望。結果只好安排神戶住院，接受心理及藥物治療。

臨時僱用的幫傭感冒發高燒，打電話跟黑岩說今天無論如何都要請假。黑岩不禁破口大罵：「當時我是以『要照顧保直到他睡著』為條件，才給妳高於市場行情那麼多的薪水……」但是再生氣也解決不了問題，只能把原訂於上午進行的手術移到下午，先送保去幼稚園。

黑岩獨自吃著麵包時，保無聲無息地起床了。

他完全沒有準備給保吃的份。來這裡過夜的女人多半都是想為他做早餐的人，一個人的時候就以咖啡、吐司、蔬菜汁簡單地打發掉一餐。吃太飽會影響到上午的手術，餓著肚子，頭腦反而比較清醒。總而言之，黑岩壓根兒沒有為別人準備早餐的概念。

保以充滿責難的目光定定地看著自顧自吃麵包的黑岩。

「怎樣啦？你也想吃嗎？」

保一句話也不說，只以視線追著麵包跑。

「好啦，我做給你吃，條件是你趕快換衣服好去幼稚園。」

然而，往裝吐司的袋子裡一看，發現最後一片被自己吃掉了。

黑岩低咒一聲。

「麵包吃完了。沒辦法，去幼稚園的路上再去便利商店買點什麼。」

保直勾勾地看著黑岩，一臉交織著悲傷與怨懟的表情。

「怎樣啦……你這麼想吃麵包嗎。好啦好啦，這個給你，吃吧。」

黑岩把吃到一半的吐司放在保面前。

「不要，好噁心。」

「你說什麼？」

「我要沒吃過的麵包。」

「你的要求太多了，放進嘴裡都一樣，而且也已經沒有麵包了。」

「那就算了。」保說完這句話，一屁股坐在客廳的沙發上。

莫名其妙充滿罪惡感。世人對父母的要求愈來愈嚴格，要是幼稚園發現他沒給保吃東西，可能會懷疑他虐待兒童。他下意識望向廚櫃，但黑岩是那種信奉什麼多餘的東西都不要有的性格，當然不會有任何存糧，只有一盒病人家屬送給他的可可含量高達百分之九十的巧克力。

「對了！家裡有巧克力，要吃嗎？」

「咦，可以嗎？」保露出來到這裡初次展現的笑容。

黑岩很意外。還以為搞不懂這孩子在想什麼，但是說穿了，他畢竟只是孩子。黑岩腦中瞬間閃過「巧克力是不是對小孩不好」的念頭，但總比被懷疑虐童好。

「嗯，可以啊。別吃太多喔。」他把一整盒巧克力遞給保。

保看著盒子裡一顆一顆包裝得很精美的巧克力，雙眼閃閃發光。

小孩真單純啊。問題是，我也很單純。

保小心翼翼地打開包裝紙，拿出巧克力，又瞥了黑岩一眼，眼裡寫著「真的可以嗎」。見黑岩點頭，保一口咬下巧克力。

「如何？好吃嗎？」

「……好難吃。」

「什麼？」

可可含量太高，所以苦得不得了。保的眉頭扭曲，一臉要哭的樣子。

「算了，去幼稚園吧。路上再買東西給你吃，好嗎？」

兩人搭計程車去幼稚園。如果搭乘私鐵，距離只有三站，萬萬想不到那女人居然就住在離自己這麼近的地方，可見她果然有什麼企圖。這件事姑且不管，中途請司機繞到便利商店，買了甜麵包給保吃，如此這般，幼稚園到了。

其他家長和幼稚園老師全都興味盎然地打量著黑岩這張生面孔，黑岩避重就輕地說明來龍去脈，盡可能不要引起老師的懷疑。

「哦，這樣啊。既然如此……保，今天早上吃了什麼？」

大約才二十出頭的年輕幼稚園老師看也不看黑岩一眼，觀察保的反應問道。

「啊，呃，剛才在便利商店買了果醬麵包和蔬果汁……」

「果醬麵包？只吃了果醬麵包嗎？」

「不止……啊，對了，出門前還在家裡吃了一點巧克力……」

「巧克力？一大早就吃巧克力？」

「雖說是巧克力，但可是可可含量高達百分之九十的純巧克力……」

「那對身體不好吧！你到底在想什麼。」

「喔，抱歉……」

第一天就蒙上了虐童的嫌疑嗎？老師的態度莫名地咄咄逼人。

「室內鞋呢？星期一要帶室內鞋。」

「咦？呃……我沒聽說耶。是不是在那個袋子裡。」

黑岩指著保手裡的袋子。老師從袋子裡拿出髒兮兮的室內鞋。

「這個有洗過嗎？」

「啊，呃，我不知道……」

老師嘆了一口氣。

「請洗乾淨再送過來，這是幼稚園的規定。不覺得保很可憐嗎？」

「喔，好的……」

「今後請多加留意。」

定睛一看，保在老師後面笑得賊兮兮的。這小子。黑岩正要發作，老師便問：「聽清楚了嗎？」黑岩氣焰盡失地回答：「聽清楚了。」距離他上次挨罵，大概已經有二十五年之久了。

抵達醫院，徵信社的田島正等著他。黑岩透過熟人的管道認識這名男子，支付巨資，請田島找出吉永玲子的下落。

「有什麼收穫嗎？」

田島搔著頂上沒有幾根毛的頭，以關西腔回答：「有啊。根據向白玫瑰幼稚園的老師及家長們打聽的結果，知道她的地址了。她住在澀谷區的大樓，可是想也知道，那裡已經人去樓空。聽說她告訴左右鄰居要出國幾個月。」

「出國？」

「可是啊，依照我從祕密管道調查的出境紀錄裡沒有她出國的紀錄。可能是暫住在某個朋友家裡吧。手機也解約了，所以目前暫時無從找起。」

為什麼關西腔聽起來總是這麼搞笑呢？

田島看著手機裡的筆記接著說：「至於她的工作，截至目前果然是在銀座當受雇的媽媽桑。她也告訴老闆說自己要出國，在來醫院找你的這天遞出了辭呈。」

「準備得真周到啊……」

「可是啊，她的異性關係很混亂。所以大概是住在男人那邊吧。以前也曾經在那棟大樓與不同的男人同居過好幾次。」

不同的男人……保都看在眼裡嗎？

他那異於常人的警戒心與面無表情或許就是因此而來。

「以上是目前蒐集到的情報，我會再去那女人上班的夜總會附近打聽一下。」

「住的地方已經退租了嗎？」

「還沒，所以也不能放掉這條線索。因為如果要退租，必須本人去房屋仲介那裡辦理手續。如果她打算退租，或許能在那裡逮住她。畢竟是每個月二十五萬租金的豪宅，不可能空在那裡不管。」

黑岩回到病房大樓，神戶正躺在緊鄰護理站、名為HCU的高度照護病房[2]裡。這裡整面牆都是玻璃，是為了防止他自殺而有此安排。

「神戶先生，聽說你差點從四樓往下跳？」

「嗯。」神戶還是老樣子，面無表情地回答。

2　編按：日本醫療編制與台灣較為不同，加護病房分為ICU與HCU。ICU（intensive care unit）即為重症加護病房，照護急重症病患；HCU（high care unit）則收治較緊急、但不一定為重症的病患，例如剛做完手術的患者，或有精神疾病，需要多加留心的患者。因此在本作品將HCU譯作「高度照護病房」。

「為什麼？既然你已經死了，何必做那種沒意義的事？」黑岩沒好氣地說。

小機小聲地制止他：「喂，醫生。」

黑岩已經沒好話跟神戶說了。如今只能仰賴專業的心理治療及藥物的力量，輪不到外科醫生出場。

「老實說，我其實不太能體會認為自己已經死掉是什麼感覺，是做什麼都不開心嗎？」黑岩問。

「是這樣沒錯……」

「我想也是，畢竟已經死掉了嘛。原來如此，原來做什麼都不開心啊……」

「醫生呢？」神戶出其不意地反問黑岩，「醫生呢？你快樂嗎？」

神戶意外地緊咬著這個問題不放，黑岩與小機面面相覷。

「當然快樂啊，每天都很開心。」

「為什麼？」

「咦？」

「有什麼好開心的？」神戶以死氣沉沉的表情，丟出一個又一個尖銳的問題。

黑岩也慌了手腳，不由得吐露出羞於啟齒的心聲。小機也默默聆聽。

「這個嘛……當然是手術啊。我很會動手術。」

「動手術有什麼好玩的。」

黑岩答不上來。為病人動手術只是單純為了展現自己的技術、滿足自我肯定的需求。對於外科醫生而言，完成理想中的術式等於是完成「一件藝術作品」，可以嘗到某種身為外科醫生的喜悅與成就感。但這種話他實在說不出口。

「這個嘛……當然是因為能拯救病人啊。」

「這樣啊……那你跟我討論這些話題也開心嗎？畢竟你正試圖拯救我嘛，可是你看起來一點也不開心。」

被他說中了。黑岩不曉得該怎麼拯救科塔爾症候群患者，而他對手術以外的一切都不感興趣。

「呃，這個嘛，那個……」

「哪裡開心了？」

「這、這個嘛，對了，不是到處都有人請我去開刀嗎？就連國外的醫院也不例外。我的手術救活了世界各地的病人，看到他們逐漸恢復健康，我也很開心。」

「可是醫生，你不是固定待在一個地方吧。你要飛來飛去，動完手術的隔天就不在了，不會為病人診察到他們恢復健康。」

這也被他說中了。黑岩啞口無言。被目光真摯的神戶目不轉睛地盯著看，不知道為什麼就無法說謊了。

「到底有什麼開心的？」

「這個嘛，那個……因為錢吧。」

「錢！」小機發出傻眼的驚呼聲。

「錢？」神戶也反問。

「這有什麼好奇怪的。但凡像我賺這麼多錢的人，都能想做什麼就做什麼。名車、豪宅、美食……想要什麼都買得到。神戶先生直到前一陣子不都也是如此嗎？」

「這個嘛……或許吧……」

「對吧，很快樂吧。」

「天曉得呢，或許只是洗腦自己很快樂。」

「洗腦？才沒有這回事呢。既然如此……對了，女人呢？你以前住院的時候，不是有很多漂亮女人來看你嗎？」

「你就只有這種事記得最清楚。」小機咕噥著。

黑岩不理她，繼續說：「跟女人在一起很開心吧？」

「是這樣嗎？醫生。」

「……什麼？」

「很開心嗎？」

感受到小機的視線，但已經不能退縮了。「很開心啊，這還用說。」

「要去哪裡認識女人？」小機問道。

黑岩不留情地回答：「我的話是酒家小姐，不會糾纏不休這點很好。目前主要在六本木。」

「真是太差勁了。」

「慢著，為什麼是妳在提問題！」

神戶接著說：「在六本木跟女人搞七捻三很開心嗎？」

被他這麼一問，黑岩一時半刻回答不上來。在東京的時候，只要時間允許，他一定會上酒家，而且一定是一個人去，在好幾個酒家女的簇擁下，左摟右抱，說著言不及義的廢話。如果有談得來的女人，就帶回自己家或去飯店開房間，但通常都只是一夜情。這種關係真的開心嗎……

「你說酒家小姐不會糾纏不休，可是現在不就被纏上了嗎？所以才會跟小孩住在一起。」小機肆無忌憚地揭他的老底，結束與神戶的對話。

黑岩以「要去幼稚園接孩子」為由，把下午的術後管理交給深山，離開醫院。他作夢也沒想到，自己居然有一天會以這種理由把手術交給別人。

園方要他五點來接，但他提早二十分鐘就到了。因為他不想再給那個年輕老師有任何數落他的機會。平常在醫院的威嚴放在這裡完全行不通，對於在這裡工作的人，大叔和小孩看起來都一樣也說不定。

幼稚園的門鎖著，上頭還有要輸入密碼才能打開的鎖。想當然，現在還沒開門。黑岩沒辦法，拿出手機，正要打電話給幼稚園，請對方開門時，看見保在幼稚園的前庭玩。

保獨自在沙堆玩沙，貌似在堆城堡。有兩個原本在附近玩的男孩衝到保身邊，還以為他們要跟保一起玩，卻見其中一個男孩笑著用腳踩壞保堆的城堡，另一個朝站起來的保的屁股踹了兩腳，然後就笑著跑掉。保並未抗議，以平常那種放棄與世界爭辯的表情又蹲下來，開始修復被踩壞的城堡。

黑岩發現自己抓住鐵門的手，用力到連自己都嚇一跳的地步。

都去接他了，保也不怎麼領情的樣子，默默跟著黑岩走。為了配合保，黑岩請計程車開到他常去的店家中算是比較庶民的餐廳。

「有什麼想吃的，盡管點。」

「可以嗎？」

「可以啊，任你點。」

保一臉困惑地看著黑岩。

「你很少來這種地方嗎？」

「嗯，頂多只有媽媽生日的時候。」

「這樣啊。無所謂，多吃一點。你喜歡吃肉嗎？」

「嗯。」

「那你想吃什麼？安格斯牛排？還是『本週特選』的飛驒牛？也有漢堡排和炸蝦喔。」

「嗯，那我要這個。」保指著「漢堡排兒童餐」。

「嗯？這個就好嗎？多吃一點肉，不用客氣。」

「嗯……這個就好了。」

「可是……」

「因為這個有附飲料喝到飽。」

菜單上寫著「附兒童飲料吧」。

什麼嘛，他想喝飲料啊。

「呃，可是別的餐點也都能飲料喝到飽喔。」

「不用了，這個就好。」

黑岩拿他沒辦法，點了漢堡排兒童餐與和牛牛排。店員退下後，保興高采烈地走向飲料吧，靜靜地觀察其他客人怎麼做，有樣學樣，倒了一杯可爾必思蘇打，滿臉笑意地回來。

「你裝得好滿。」

「對呀！」

沒想到他也會發出這種聲音。被丟在黑岩家都十來天了，好不容易在他臉上看到孩子氣的表情。保喜滋滋地用吸管喝著可爾必思蘇打。

兩人點的餐點陸續上桌，黑岩邊吃邊問：「你剛才在玩沙吧。」

「嗯。」

「後來來了兩個男生對吧？他們是你的朋友嗎？」

「嗯……不算。」

「他們弄壞了你堆的沙堡。」

「有嗎？嗯，好像是。」

「他們經常這樣對你嗎？」

「還好。」

「經常踢你嗎？」

「也還好。」保以平靜的表情回答。

「什麼也還好，你都不還手嗎？」

「嗯。」

「嗯什麼嗯。」

「不要理他們，他們很快就走了。」

比起黑岩的問題，保顯然更熱中於眼前的飲料，又去飲料吧拿了一杯回來。

這孩子就是這樣，放棄各式各樣的事物活到現在的嗎？

食欲突然消失了，黑岩的牛排還剩下一半沒動。

回到家，黑岩只用一句「快去睡覺」打發保進房就寢。

心情糟透了，為了讓自己打起精神來，他在客廳喝不兌水也不加冰塊的威士忌。這時，寢室傳來磕磕碰碰的聲響。探頭一看，穿著睡衣的保正把幾個迷你人偶擺在床上玩。發現黑岩在看他，嚇了一跳，手忙腳亂地想藏起人偶。

「沒關係，你繼續，別管我。」

保盯著黑岩看了好一會兒，或許是放下戒心，又開始玩。人偶們似乎在吵架。黑岩一手端著威士忌酒杯，也在床緣坐下，看著其中一個人偶問保：「這是什麼？」

「紅戰士。」

「這個呢？」

「黑戰士。」

「這些傢伙是什麼戰隊嗎？」

「對，保護地球上有困難的人。」

「是喔……」

保說這是名為「破壞者系列」的電視節目裡的角色。

「只要十個戰士全員到齊就所向無敵喔，誰也打不過他們。」

「基本上都能湊齊嗎？」

「才怪，很難湊齊，雖然在節目的最後都會湊齊。」

「這樣啊。」黑岩苦笑。

「這個家裡有什麼恐怖的地方嗎？」

「恐怖的地方？」

「嗯。只要把戰士放在那個地方，就能保護你喔。」保眉開眼笑地說，煞有其事地直盯著黑岩的雙眼追問，「有那種地方嗎？」

黑岩無法不回答他的問題。「嗯，我想想……洗臉台吧。」

「洗臉台？洗臉的地方嗎？」

「沒錯，基本上所有的問題都發生在那裡。以前來這裡過夜的女人早上刷牙的時候，看到其他女人的卸妝油，就會歇斯底里地大吵大鬧：『這是誰的卸妝油？』再之前是口紅。之前有女人看到別的女人留下口紅，氣得砸破鏡子，嚇死我了。」

黑岩說著說著，發現保一臉呆滯的模樣。自己趁著酒意對孩子胡說了什麼呀。

「算了，不說了。太晚了，你該睡了，明天還要去幼稚園呢。」

黑岩說完，又回到客廳。

在廚房放下空杯，刷過牙，回寢室打算就寢時，發現保手裡握著紅戰士睡著了。黑岩不禁莞爾，從他手裡拿走那個紅戰士，抱起保。傍晚去幼稚園接他時，為了表現給他白眼的老師們看，他也抱過保，但是睡著的保比傍晚重多了。

人一旦睡著，身體也會變重嗎？

感覺自己好像是有生以來第一次接觸到活生生的生物，暗自心驚。黑岩為保蓋好棉被，不假思索地換上外出服，走出房間。

打電話給老相好的酒家女，跳上計程車，前往六本木的夜總會，在四個小姐的簇擁下，喝光三支葡萄酒，速度比平常快了許多。然後又去另一家店。我要跟漂亮姊姊徹夜狂歡，誰有空同情小鬼啊。黑岩在移動的計程車上，內心自言自語。

在第二家店也開了香檳，黑岩醉得不輕，擺脫要帶他離場的小姐，走進附近一家以前醫院辦慶功宴時去過的酒吧。他本來真的打算徹夜狂歡到天亮，但突然想一個人靜一靜。獨自坐在吧台前喝酒時，有個女人在他旁邊坐下。

是深山。也太巧了。

「怎麼？你一個人啊，真難得。」

黑岩以犀利的目光瞥了深山一眼。「妳才是，這個時間怎麼還一個人。」

「我剛下班。誰教我必須處理某人丟下的工作，還有堆積如山的文書作業。」

黑岩冷然一笑。「那還真是辛苦妳了。」

「好說好說。」

兩人暫時相對無言地喝酒。深山也是喝加了冰塊的威士忌。

深山一副突然想到的模樣問：「孩子呢？保在你家嗎？」

「對呀。」

「你把那麼小的孩子留在家裡，自己跑出來喝酒？真難以置信。」

「別讓我想起來，我好不容易喝到忘記他了。」

「差勁，原來你說要去幼稚園接孩子是騙人的。」

「隨便妳怎麼說，我才不在乎那小鬼的死活。」

深山嘆了一口氣。「上天真的很愛捉弄人，居然選你這種無可救藥的人，當世界上最值得學習的腦外科醫生。」

「別說傻話了，醫術與個性無關，手術憑藉的是技術，是努力的成果。」

黑岩盯著手裡的酒杯，喃喃自語：「你就這麼討厭小孩嗎？」

「對著憑空冒出來的小鬼，是要怎麼喜歡對方？」

「那可是你兒子喔。」

「天曉得。為了慎重起見，我已經把DNA寄給網路上專門做親子鑑定的網站了。肯定是哪裡弄錯了。」

「你傻啦，莫名其妙的網站會比政府認證的醫院還正確嗎？」

「總而言之，那個小鬼絕不可能是我兒子。」

「怎麼說？你們完全沒有相像的地方嗎？」

黑岩沉默不語。

「別的不說，保真是個好孩子，乖巧又聽話，確實不像你生得出來的孩子。」

「跟我一樣喔……」

黑岩不經意地壓低了音調，就連自己也感覺得出來醉意正在上腦。

「那種試探別人的眼神、不管別人怎麼對待自己都不敢反抗的軟弱……跟我一模一樣，簡直是四十五年前的我。」

深山看著黑岩的側臉，努力從聲帶擠出聲音來：「……這樣啊。」

「嗯。我爸是高中數學老師，在學校受到學生及家長的愛戴，回到家卻變了一個人。喝醉酒就對我、我媽，還有我妹拳打腳踢……也就是現在所謂的家暴。也不拿錢回家，都靠我媽做家庭手工賺錢。我媽在我小學三年級的時候帶著我妹離家出走，從此杳無音訊。或許為了逃離這個家，她只能出此下策……但我被拋棄了。」

杯子裡發出冰塊融化的清脆聲響。

「我爸在我高二那年的夏天肝硬化死了。我向叔伯借錢，也申請了就學貸款去念醫學院。那是一所三流的大學，即使拚命用功讀書，也知道就算從那所大學畢業，依舊成不了氣候。所以我出國了。儘管連英語都還不太會說，仍不眠不休地在美國的大學磨練醫術。起初不管去到哪裡，都沒有人把我當人看，可是我不氣餒，因為我只剩下這條路了。所以我偷師前輩的技術，比別人努力好幾十倍，終於爬上腦外科醫生的世界最高峰，比矢澤永吉還厲害喔。」

黑岩喝光杯裡剩下的威士忌。

「就算我笨到只能想到矢澤永吉，我的醫術仍是世界級的，這就是我。」

「太驚人了，你對自己居然了解到這個地步。」或許是承受不了黑岩的壓力，深山試圖以開玩笑緩和下氣氛，但黑岩的眼神還是那麼陰鷙。

「人類終究是孤獨的，對吧。」

深山感覺黑岩在哭，已經不敢看他了。

第二天早上，黑岩醒來的時候果然宿醉了。應該沒醉得太厲害，但是頭痛得不得了。幫傭傳LINE給他，說自己早上八點半才會到，黑岩不得不先烤吐司給保吃。

「你頭痛啊？」保問苦著一張臉、不時按著太陽穴的黑岩。

「嗯。別管我了，你快吃早餐。」

保吃完早餐，又開始玩他的戰隊人偶。因為頭痛的關係，黑岩心煩意亂地說：

「我說你啊，真有什麼狀況的時候，紅戰士也保護不了你的。」

保轉過頭來。

「是男人就要自己保護自己，一旦被看扁就完蛋了。」

保目不轉睛地看著黑岩。

「看什麼看？」

「你被看扁過嗎？」保細聲細氣地反問。

「有啊，當然有。我一直被看得很扁。」

保睜大雙眼，定定地望著他，似乎是在催促他說下去。

「你害怕嗎？」

黑岩一時半刻反應不過來，不小心說出實話。

「嗯……所以才要有一技之長。」

「一技之長？」

不管保一臉有聽沒有懂的表情，黑岩繼續說下去。

「醫術啦，動手術的技術。」

「那個動手術的技術……很厲害嗎？」

「很厲害喔。」

「是喔……」保不可思議地看著黑岩。

門鈴響起，幫傭似乎到了。

「神戶先生怎麼樣了？」會議室裡，部長今出川孝雄問黑岩、深山、小機等人，「還有自殺的念頭嗎？」

「最近都魂不守舍地坐在床上，該說是連想自殺的念頭都沒有了嗎……」小機報告。

「這並不是好現象呢。」

「目前只知道電擊療法對科塔爾症候群的效果比較顯著，可是也有論文指出電擊療法只有暫時性的效果，所以也不好推薦他接受電擊。」深山回答。

科塔爾症候群本身就是極為罕見的疾病，所以目前還沒有明確的治療方法。就連東都綜合醫院也是第一次碰上這樣的病人。正當大家想盡辦法還是束手無策時，始終保持沉默的黑岩站了起來。「我去和神戶先生聊聊。」

接著便一聲不響地走出去了，留下今出川、深山、小機大眼瞪小眼。

「該不會……是要勸他動手術吧。」今出川流露出不贊成的神色。

小機自以為是地接下話頭：「一定是。黑岩醫生動不動就想開刀。」

「科塔爾症候群的手術放眼全世界也沒有幾例，很適合為自己製造話題。」

深山也同意。

說是這麼說，但是在座的人都對黑岩身上失去了平常的霸氣感到耿耿於懷。

受護理師監視的高度照護病房裡，神戶還是老樣子，坐在床上，雙眼無神地望著牆壁。黑岩朝他舉起一隻手。「嗨。」與他並肩坐在床緣。

「感覺如何？」黑岩刻意用朋友間聊天的語氣跟他說話。

「嗯，還是老樣子……要動手術嗎？」

黑岩苦笑。「連你也一看到我就想到手術嗎？手術確實是我的本業，但也不會無緣無故就拿人開刀。」

「是喔……」神戶嘆息，就此失去興趣。

「你還是想死嗎？」

「不，我沒有想死喔，因為我已經死了。」神戶一臉你在問什麼廢話的表情反駁。

「這樣啊。對了，神戶先生沒有家人嗎？」

「以前有過。」

「啊，對喔。所以是離婚了嗎？」

「嗯，對呀。」

「有小孩嗎？」

「有一個小孩。」

「男孩女孩？」

「女孩。」

「是喔。」

「今年已經二十歲了。」

神戶說他的婚姻只維持了五年，在女兒三歲的時候與老婆離婚。

「為什麼？為什麼要離婚？」

「因為我外遇。我有偷腥的毛病，有一天老婆終於忍無可忍。」

「真有你的，神戶先生。你不後悔嗎？」

「不後悔啊。不對，應該說是不曾後悔過……」

「為什麼？不是連孩子都生了嗎？」

神戶嘆口氣。「大概是還想繼續遊戲人間吧。」

「這樣啊，我懂你的心情喔。因為神戶先生很受歡迎嘛，就跟我一樣。」

黑岩豪爽地笑給他看，但神戶沒什麼反應。

「可是離婚恢復自由身，又能無拘無束地遊戲人間不是很快樂嗎？」

「是嗎？事到如今，我已經搞不清楚了。」神戶事不關己地說道。

「這樣啊。神戶先生已經死了嘛。」

「沒錯。遊戲人間很快樂嗎？」沒想到會被神戶反將一軍。

就連黑岩自己也沒想過答案，卻不禁脫口而出：

「嗯，怎麼說呢……已經玩膩了吧。」

「說得也是，會玩膩吧。」

「神戶先生也是嗎？」

「對呀，年過四十的時候就膩了……就連玩女人也覺得只是在重蹈覆轍。」

「嗯。」

「可是現在也不可能再結婚，已經沒有那股衝勁了……不知何時才能解脫。董事的情婦就在公司裡，一想到我的人生難道就要一直這樣過下去，就忍不住對她出手，結果還真的解脫了。」

「搞砸了呢。」

「你瞧瞧，我現在住院，連慰問的花也沒收到過一束，當然也沒有人來看我，跟以前差太多了。」

確實如此。黑岩想起來了，神戶上次住院時，病房裡滿是慰問的花，探病的人潮也絡繹不絕，多到必須加以限制的地步。在組織裡失勢的後果也太殘酷、太明顯了。

「什麼都沒有喔。我已經一無所有了，所以死了正好。」

或許吧，遊戲人間的下場多半大同小異。遊戲人間的神戶已經死了，人死後會留下什麼呢？答案只有先死過一次才會知道，但恐怕什麼也不會留下吧。

我也一樣。黑岩有此自覺。

我也跟神戶一樣。

我一直是個活死人。

我一直在遊戲人間，光是想到要跟同一個女人綁在一起一輩子，就覺得毛骨悚然。我只想活在當下，活在這一刻。可是這跟死掉有什麼兩樣？

黑岩回過神來，已經與神戶說起保的事了。從前因後果，到他們現在住在一起的事都說了。

「所以呢，你有什麼打算？」

黑岩不知道該怎麼回答這個死人提出的問題。對於自己跟保的關係，他確實沒想太多。「什麼打算也沒有。我總在世界各地飛來飛去，這次也只剩一個月就得離開日本，接下來要去美國待三個月，想也不可能帶他去。」

「那你要丟下他不管嗎？」

「丟下他不管？這個嘛……」黑岩窮於回答，他沒想過這個問題。

不能丟下他不管，難道要帶他去美國嗎？自己平均每三個月就換一個國家行醫，難道要保配合自己嗎？連幫傭也一起帶去嗎？怎麼可能。

就在這個時候，徵信社的田島無聲無息地探頭進來。

「黑岩醫生，原來你在這裡呀，可以給我一點時間嗎？」

「喔，是你啊……神戶先生，抱歉，我離開一下馬上回來。」黑岩說完，走出病房。

田島的報告完全出乎黑岩的意料之外。

他找到玲子了。玲子在埼玉的大宮另外租了一間房子。田島找上她時，她既不躲也不逃，還大言不慚地說：「我也想見黑岩一面。」

「找我做什麼？」

「不知道，她沒說。會不會是錢已經花完了？問題是都到了這個節骨眼，她還好意思跟你要錢嗎？」

跟我要錢？這女人到底要不要臉啊。

憤怒的火山即將爆發的同時，黑岩想到一件事。

對了，如果是這樣的話，不如自己養育保。自私地把孩子塞給他就跑不說，還敢來勒索的母親，他可不能眼睜睜地把保交給這種媽媽養育。再這樣下去，她遲早會虐待保吧。何止，精神上的忽視早就已經開始了。

既然如此，就由我來拯救保吧。聽說五歲以前受的虐待還有機會撫平創傷。就算來不及撫平，只要今後盡可能給予孩子關愛，還是能身心健全地長大。不管怎樣，我一定會讓保身心健全地長大。

用錢打發玲子吧，條件是要她放棄保的監護權，讓自己領養保。只要能正式與玲子斷絕關係，錢根本算不了什麼。

一氣呵成想到這裡，黑岩做出了連自己也難以置信的結論。這是與神戶聊過之後，在腦子裡整理出來的。他不再迷惘，也不惜盡可能將出國的必要性降到最低。他已經得到足夠的名聲了。只要慢慢減少海外的工作，在不遠的將來就留在東都綜合醫院或其他醫院吧。辦法要多少有多少。

剩下的人生就全部用來讓保身心健全地長大吧。黑岩下定決心。

我還活著。

三天後，黑岩接獲田島的通知，玲子要來找他。

那天，幫傭下午要陪母親去醫院檢查，無論如何都來不了，黑岩只好把幼稚園下課的保帶到醫院。玲子說她下午到，所以保先寄放在護理站。

「醫生，這裡可不是托兒所……」

「拜託啦，這是最後一次，而且很快就結束了，好嗎？」

黑岩強人所難地把保交給真凜，走向大廳。

「我還要檢查病人的生命跡象……」真凜向人就在旁邊的小機求救。

「我也要協助門診……」

「怎麼辦？」兩人望向保。

保指著轉角的候診室說：「那我看電視。」有個坐輪椅的老人正在那裡發呆，沒有人看的電視逕自開著。語聲未落，保已經小跑步地走向候診室。

「真是個好孩子啊。」

「黑岩醫生才應該好好向他學習。」真凜表示佩服，小機也猛點頭。

「完蛋了！已經這個時間啦。」真凜推著裝有電子病歷的推車衝出護理站。小機也猛然想起已經讓門診病患等太久了，連忙飛奔而出。

護理站頓時空無一人。隔壁的高度照護病房裡，神戶從床上撐起上半身，慢吞吞地坐起來，自行拔掉輸液的點滴，踩著搖搖晃晃的腳步，走出病房。沒有人看見他。

來到走廊上，再一直線地往前走，就能走到逃生梯那邊。神戶想再跳一次樓，想知道已經死掉的自己會變成什麼樣子。所幸這次好像沒有人會阻止他。

慢慢地往前走，擦身而過的住院病人及來探病的訪客都沒有注意到他。這也難怪，他已經死掉了。

冷不防，心裡湧起一個念頭。

對了，乾脆找個人一起跳，看那傢伙會不會死掉，還是僥倖活著。這麼一來至少能搞清楚自己現在到底是生是死。

神戶開始尋找獵物，這時耳邊傳來壓低的笑聲，是從候診室的電視裡傳來的。定睛一看，有個少年正在看卡通。那是一部以前的卡通，好像是《湯姆貓和傑利鼠》。

神戶走進候診室，坐在少年旁邊。少年看得很專心。

剛剛好，如果是這麼大的孩子，就可以抱著跳下去了。今天真走運。這裡是四樓，窗戶開著。

神戶直勾勾地盯著保的側臉。

黑岩快步走向大廳旁的咖啡廳，玲子蹺著二郎腿，抽著菸，臉上沒有絲毫歉意。黑岩也不生氣，只要銀貨兩訖，就不用再看到這張臉了。

黑岩也沒買飲料，一落座就單刀直入地說：「妳要多少錢？說吧。」

玲子一瞬間露出猝不及防的錯愕表情，但隨即換成譏嘲的冷笑。

「妳要的是錢吧。只要別獅子大開口，我都可以考慮。開門見山地說個數字吧。」

「我不要錢。」

「妳說什麼？」

「我要你把保還給我。」

玲子的要求大出黑岩預料。玲子說她交了新男友，對方很有誠意，願意接受她的孩子，所以她想要回保。

「等一下，我不懂妳的意思。妳知道自己在說什麼嗎？」

單方面把孩子丟給他，一旦有了新的男人，又想把孩子要回去……她怎麼會以為這麼自私自利的想法行得通呢？她的智商沒問題吧？

「我知道啊，而且我認為我的要求沒有任何不妥。」

玲子臉上浮現出黑岩最討厭的那種瞧不起人的笑容。

黑岩本想破口大罵，還是努力地忍住了。

「保是我的孩子，怎麼能輕易交給妳這種人。」

「你的孩子？」玲子的笑意更深了，「你在說什麼？那孩子跟你一點關係也沒有。」

玲子滔滔不絕地說。

保是她跟別的男人生的孩子，那個男人是個無可救藥的賭鬼，所以玲子很快就跟他分手了。本想打掉當時還在肚子裡的保，但因為已經過了可以墮胎的時機，只好生下來。受雇媽媽桑的工作也很辛苦，正在尋找哪裡有好男人的時候，遇見現在這個男人。同時也想起黑岩，所以就暫時把孩子交給他照顧，並沒有拋棄保的意思。與那個男人交往得愈來愈深入之後，鼓起勇氣向他坦承自己已經有孩子，沒想到對方居然願意跟保一起生活，於是又來接保回去。

「咦，可是DNA鑑定……」

黑岩錯愕到說不出話來，玲子繼續給他致命一擊，表示鑑定是假的。幫黑岩做鑑定、在教學醫院任職的高木，其實是玲子埋下的「暗樁」。

黑岩認識高木的契機是彼此同為六本木夜總會的客人，但那家店的媽媽桑與玲子早就認識了，以前在同一家店上班。玲子把高木送到黑岩身邊當眼線，傳授他黑岩可能會感興趣的話題，安排兩人相遇，準備好黑岩有朝一日會找他做鑑定。想當然耳，在教學醫院工作的頭銜、給黑岩看的身分證都是騙人的。為了把孩子推給他，玲子真是機關算盡，萬萬也沒想到天降良人，自己還會來要回保。

「事情就是這樣，今天沒辦法馬上帶他走，一週後我再來接保，麻煩你了。感謝你這段時間對保的照顧。」玲子說完，施施然地揚長而去。

黑岩連發火的力氣都沒有，光是要撐住搖搖欲墜的身體就耗盡他全部的力氣。

腳步虛浮地經過走廊，眼中的一切看起來都變成灰色。這大概就是神戶口中死掉的感覺。就在這時，小機小跑步衝到黑岩跟前。

「醫生，不好了！你快來。」小機拉著黑岩的手臂走進候診室。

候診室裡，神戶正和保兩眼發直地看電視。

「醫生，你瞧……」

電視裡播放著《湯姆貓和傑利鼠》。神戶看著卡通，哈哈大笑。

「好傻啊。」

神戶的笑容比較接近冷笑，但確實在笑。

科塔爾症候群的患者感受不到任何來自外界的刺激，卻能看電視看到笑出來，充分顯示他的科塔爾症候群已經痊癒，再不濟也大幅好轉了。無論動之以情還是說之以理，始終不為所動的神戶正笑看著卡通裡貓與老鼠的動作。

「好白癡啊……」儘管犯嘀咕，表情卻很開心。

原來如此。世間一切說穿了都是由蠢事堆積而成，就跟這次自己落入陷阱與整件事的經過一樣蠢。黑岩以「死去的腦袋」怔忡地思考這件事。

一週後，一切水落石出。果真如玲子所說，在他的逼問下，高木坦承自己被銀行裁員，因為還欠夜總會的媽媽桑錢，不得已只好照她的話做。

已經顧不得家醜不可外揚的問題了，黑岩請東都綜合醫院幫忙鑑定自己與保的親子關係，證明保果然不是他的兒子。報告上只有一行無情的文字「親子關係趨近於零」。

在那之後，田島再度來向他報告。

「不過，那女人也太厲害了，比醫生高明不止一招半式。居然能任性妄為到這種程度，而且還步步為營，準備到那麼周全的地步，換作是誰都會上當吧。我也算看過千奇百怪的人了，但是像她那麼心狠手辣的人還真不多。」

之後又加了一句：「順道一提，玲子搭上的男人擁有多家夜總會，算是聲色場所的同行，三十二歲，離過一次婚。」

「醫生，你被壞女人設計了。不過這樣不是很好嗎？不用被她勒索。只是，事後再回頭看，該怎麼說呢，這兩個月像是坐了一趟雲霄飛車。」

對黑岩以外的人來說，這整件事就跟田島怪腔怪調的關西腔一樣荒腔走板。

神戶也決定要出院了。自從在候診室看完《湯姆貓和傑利鼠》，他似乎逐漸找回與外界的連結。據本人描述，感覺還像沉在深不見底的湖底，與外界也還有一點距離感，但確實能聽見湖面上傳來的聲音。

「只能慢慢習慣這種感覺了。不過，每天都像撕去一層薄薄的紙，感覺萬事萬物都離自己愈來愈近。」

「這是好轉的跡象。等你出院後，應該會愈來愈好。」

「可是……」神戶露出不安的表情，「等我出院以後，會有好事發生嗎……」

對於孤家寡人、在公司已無立足之地的神戶而言，這個世界想必很冷酷吧。或許他又會覺得還不如死掉比較好。但那是神戶的問題，與我無關。

「這我就不知道了。不過，人生在世，如果想活下去，就只能認為還是會有好事發生。」黑岩留下充滿禪意、有說等於沒說的回答，從神戶面前離去。

請深山代為看診，黑岩回家一趟。

幫傭已經打包好保的行李，等黑岩回家後，幫傭就離開了。再過一會兒，玲子就會來接保。

保依然面無表情。三天前黑岩告訴他：「你媽要來接你，你要離開這裡了。」當時他也面無表情。

「啊，是喔。」除了這句話以外，保什麼也沒說，什麼也沒問。看到這樣的反應，黑岩也不失望。這種事大概已經發生過無數次了，黑岩是他第幾位「父親」呢……

「再過三十分鐘，你媽就要來接你了。」

「嗯。」

黑岩不經意瞥見廚房流理台的瀝水籃裡，還放著印有破壞者圖案、用來裝毛巾的袋子，以及「幼稚園組合」的水壺、便當盒、筷子。大概是幫傭匆忙間忘了收進行李裡。

「喂喂喂，少了這個，你就不能去幼稚園嘍。」

黑岩拿起那些東西，放在端坐在沙發上的保旁邊，蹲下來，正打算一樣一樣裝進袋子裡時，不知道為什麼，袋口綁得緊緊的，得先解開死結才行。

「怎麼回事，幹嘛綁得這麼緊。」

與保四目相接，保直勾勾地盯著他。

黑岩開口：「呃……那個，你還記得我們一起去吃漢堡排的那家店嗎？」

「嗯。」

「我是那家店的常客……你懂常客的意思嗎？總之我經常去那家店，老闆很給我面子。所以只要說你是我，是黑岩的……」

兒子。

這兩個字卡在喉嚨裡。親子鑑定寫得明明白白，保不是他的兒子，他們之間沒有任何血緣關係。

「只、只要說你認識我，就可以免費吃你想吃的東西。」

「真的嗎？」只有那一瞬間，保露出天真無邪的眼神。

「真的啊。有一個詞叫『賒帳』，只要跟老闆說『請記在黑岩的帳上』就行了。要去多少次都可以喔，每天都能去。」

「嗯！」

「不止那家店，還有位於六本木的『丸美』牛排屋，那也是我的愛店。只要說你認識東都的黑岩，老闆就會說：『您好，歡迎光臨。』銀座有樂飯店三樓的酒吧也是。啊，你還不能去酒吧。沒關係，銀座還有一家叫『山田亭』的餐廳，只要說你是我的小孩，什麼都可以點來吃喔，任你吃到飽。不止銀座，還有目黑和代官山，只要是我常去的店，你都可以打著我的名號進去。」話匣子一開就再也停不下來了。

「我要去！」

「嗯，一定要去喔。即使你上了國小、上了國中、上了高中、上了大學……不管你長到幾歲，都可以去喔。一定要去，每個禮拜都去，每天都去也沒關係……」

黑岩聲線微顫，哽在喉中。

保憂心忡忡地抬頭看他。「你沒事吧？」

「嗯……我沒事……」

「你還有『手術』，所以不會有事吧？」

感覺眼眶發熱，黑岩勉強從聲帶擠出一句：「嗯。」

彷彿想甩開什麼似地，他抓住保的雙肩。

「記住，不能被看扁喔。男人絕不能被看扁，要反擊回去，知道嗎？不管你去到哪裡，跟誰發生任何衝突，我都會站在你這邊，聽清楚了嗎？」

就連自己也不知道自己在說什麼了，也不知道湧上心頭的感情到底算什麼。抓住保肩膀的手下意識用力。

「痛……」保的抗議與門鈴聲同一時間響起。

「黑岩醫生還好嗎？」西郡問深山，臉上帶有充滿惡意的好奇心。

深山這天剛和黑岩一起做完海綿竇腫瘤的手術。

拜小機的大嘴巴所賜，就連平常對旁人漠不關心的西郡都耳聞黑岩的八卦了。大家都對「黑岩事件」的「案發經過」心照不宣，保被她母親帶走也是眾所周知的事。整家醫院只有深山敢跟黑岩沒大沒小地說話，所以大家都來向她打聽。

「還好，很正常，非常正常。」

「是嗎？聽說他非常疼愛那個孩子不是嗎？這實在太過分了。」

「嗯，我也這麼覺得。不過他也不是這麼輕易就被擊倒的人。聽說那孩子一離開他住的地方，他索性也不回家了，改住飯店，夜夜笙歌。」

「欸，好猛啊。」

黑岩的心理素質之強韌，令深山也為之咋舌。一個人執刀的案例超過大醫院腦外科一整年的開刀數量，不僅在世界各地飛來飛去，回日本還要過燈紅酒綠的夜生活。深山認為這簡直是一種病。不是開玩笑，是真的有病。黑岩是病人，患有某種只有酒精與花枝招展的夜店女子才能填滿心裡黑洞的疾病。

當天晚上，深山要小機用顯微鏡練習血管繞道手術。小機的技術實在太差了，害深山忍不住三番兩次破口大罵，罵到後來差點累死自己，草草處理完業務，離開醫院。這種時候勢必得喝一杯才睡得著，又不想直接回家，便前往常去的酒吧。

只見黑岩坐在吧台前喝酒，旁邊有個濃妝艷抹，一看就知道是酒家女的女人。連這家酒吧都被他拿來打發帶女人進場前的時間了嗎。深山簡單地以眼神示意，在吧台的最邊緣坐下。點了一杯莫吉托調酒，想著趕緊喝完，趕緊回家。

黑岩用手圈住女人的腰，湊近臉跟女人調情。明知深山就坐在角落，還刻意打情罵俏給她看。女人去洗手間的同時，深山也站起來，請酒保結帳，利用酒保算錢的空檔走到黑岩身旁。

「剛才的手術辛苦了。你還是老樣子，精力充沛呢。明天七點還要開刀吧？」

「我只要睡三個小時就夠了，不過今晚大概沒機會睡覺吧。」

黑岩看著剛從洗手間走出來的女人，笑瞇了雙眼。

「真了不起，不愧是黑岩醫生。比起拖家帶口，還是這樣比較適合你，嗯。」

「是不是？」

深山這句話是肺腑之言，這才是平常的黑岩。以前在這裡看到的黑岩大概只是一場夢。深山付完錢，推開酒吧的大門時，又回頭看了一眼。

果然是平常的黑岩，甚至比平常更有活力。

黑岩連續幾天都陷入難以言喻的亢奮。在夜總會乾了三瓶香檳，還叫了壽司外送，又開了一瓶白蘭地，一轉眼就噴掉十萬塊，但是對他而言這根本算不了什麼。與帶出場的女人離開夜總會後，又去了一家酒吧，在那裡胡鬧了一番。女人吵著要去他家，他便和女人一起回家。自從保不在以後，他已經一個禮拜沒回家了。

黑岩還依稀記得後來發生的事。假如他帶過一百個小姐回家，一百個女人都會出現相同的反應，先對豪華的裝潢大開眼界，再對房間的整潔程度大吃一驚。基本上黑岩都只輕描淡寫地解釋：「因為我都會請人來打掃。」就把女人推倒在床上。

然而，這次他實在喝得太醉，就這麼自顧自地睡著了。

凌晨五點不到，黑岩因為口渴醒來。天還沒亮，定睛一看，女人赤身裸體地睡在旁邊。這是他習以為常的光景。黑岩悄然起身，脫下身上的襯衫，先在廚房喝了一杯水，走向洗臉台。

上完廁所，邊洗手邊注視鏡子裡的自己，感覺自己突然老了好幾歲。他一向自豪雖然已經一把年紀，但長相並不顯老。或許是這兩個月都沒像今天玩得這麼瘋，又或者這才是自己這把年紀該有的長相，只是藉由花天酒地來讓自己看起來還過得去。

想必是後者吧。無論玩得再怎麼瘋，再怎麼自以為精力充沛，自己終究已經五十三歲了，注定要一步步邁向人生的終點，也注定要獨自前行。但這條路是自己選的，他沒有一絲後悔。

黑岩開始刷牙。他已習慣仔細把牙齒刷乾淨。漱完口，正想用毛巾擦臉，才發現沒有毛巾。大概是幫傭忘了放。黑岩蹲下來打開收納櫃，想拿出收在洗手台底下的毛巾，只見五個破壞者戰隊的小人偶，並排在折得整整齊齊的毛巾上。

黑岩拉開其他抽屜。

鏡子兩邊各有一個藏在後面的收納空間，裡頭也放了兩個人偶。再加上放在睡衣抽屜裡的，一共九個。印象中，保總共有十個人偶，結果在烘乾機裡找到最後一個。

黑岩從烘乾機拿出那個人偶。

他目不轉睛地盯著看。大概是保認為這裡是個危險境地，才幹出這種好事吧。小小的人偶伸出短短的手，想要保護黑岩。

同一時間，水滴滴落在人偶身上，嗚咽也脫口而出。

第三章　天賦

又作了同一個夢。

我站在住宅區後面，半山腰上的高台。沿著從神社延伸出來的小徑，經過比小學生略高的雜草走十五分鐘，就能抵達。這裡視野開闊，可以將整個市區盡收眼底，是只屬於我的祕密基地。可是我去那裡並不是為了欣賞風景。

我是去哭的。每次遇到不開心的事，我都會去那裡哭泣。

邊哭邊回頭看我走來的羊腸小徑。

會不會有人從雜草叢生的小徑盡頭，悄無聲息地探出頭來？會不會有人為了幫助我，偷偷跟在我背後？

然而，誰也沒有跟上來。只有茂密的雜草沙沙作響，迎風搖曳……

「再來是聽神經腫瘤的新井伸二先生，他的腎功能變差了，可能要再觀察一陣子。」

醫院的主要成員齊聚一堂，西郡琢磨正向他們報告接下來要動手術的患者病情。與全體醫生一起分享所有病患的狀態，是東都綜合醫院腦神經外科的一貫作風。

「你有什麼想法？」深山瑤子問道。

「我想等他原有的A型免疫球蛋白腎病變數值穩定一點再說。一旦確定這個治療方法可行，我就去找內科的仙崎醫生開會。」

「等一下，你這是打算動刀的意思？」黑岩健吾插嘴。

「是的。」

黑岩望向深山，眼裡充滿質疑。

「由西郡醫生主刀嗎？」

「那當然。」三十四歲的新銳腦外科醫生自信滿滿地說。

他口中的聽神經瘤是一種大型腦瘤，會壓迫到小腦及腦幹，若置之不理，可能影響到呼吸，危及生命。另外，聽神經瘤還會深入內耳道的聽覺神經及顏面神經，手術時傷及顏面神經的風險相當大。

再加上病人才三十五歲，從事的又是要與人接觸的工作，無論如何都要避免留下顏面神經麻痺的後遺症。從這個角度來說，手術極為困難。到底要用放射線治療讓腫瘤縮小，還是不顧一切地進行開顱手術，必須做出決定。

「嗯……真棘手啊。」

顧及西郡的面子，部長今出川孝雄語帶保留地說：

「如果是黑岩醫生會怎麼處理？」

「我不會動手術，因為顏面神經麻痺的風險太高了。我會先用電腦刀（一種放射性療法）觀察狀況。」

「深山醫生呢？」

「我也沒有自信動刀。」

今出川又看了西郡一眼，但他不為所動。明明五官很端正，頭髮卻像鳥窩似地亂長亂翹。向來給人傲慢印象的高挺鼻梁如今看起來更高傲了。

「風險固然很高，所以才更要慎重行事。看是要用電腦刀期待不知道會不會出現的效果，還是不顧一切地動刀……病患才三十五歲，是個前程似錦的年輕人，不能再拖了。這時應該選擇積極治療不是嗎？」

「我明白了，再討論吧。」今出川不置可否地畫下句點。

「呃……下個議題是今天晚上想在醫院裡，幫小機辦個簡單的迎新餐會，頂多一個小時，請各位排除萬難，踴躍參加！」

醫院一隅擺了幾張沙發，桌上放著簡單的飲料和小菜，以紙杯乾杯揭開迎新餐會的序幕，屁股都還沒坐熱，大家就回到各自的工作崗位上，只剩下沒事做的放射線科工作人員和深山、小機幸子，以及護理師小澤真凜。

「新井先生真的要動手術嗎？」小機坐在深山旁邊，邊吃東西邊問。

她嘴裡散發出魷魚絲的氣味。深山不禁皺眉，喝著紙杯裡的啤酒。

「還不確定，目前還在觀察。倒是妳，聽說又被西郡罵到臭頭了？」

「別說了，西郡醫生真的好恐怖，饒了我吧……」

小機的工作是協助西郡開刀，負責拍攝手術的過程。今時今日，不管是哪家醫院，都必須拍下腦外科手術的影片。但小機卻沒有事先檢查硬碟容量，結果只拍了一半。聽說西郡大發雷霆，手術後踢飛了手術室的垃圾桶。

「正常人會對女生這麼凶嗎？而且不管人家做什麼，動不動就發脾氣。」

或許是喝了酒，小機連對深山也敢不用敬語說話。

「西郡醫生為何永遠都處於生氣的狀態呢？」

「給我加上『請問』兩字。」深山的語氣隱含怒火。

「請問西郡醫生為何永遠都處於生氣的狀態呢？」

「大概是不想輸給黑岩醫生和深山醫生吧。」真凜手裡拿著紙杯，加入聊天。

「不想輸？可是黑岩醫生和深山醫生都已經五十好幾了，西郡醫生才三十四歲，根本不是同個年代的人嘛。」

「誰跟妳五十好幾，我才剛滿五十歲好嗎。」深山語氣中的怒火更盛。

「啊，不好意思。總之說他不想輸給你們也太奇怪了。」

「不過他對那場手術投注的氣勢非常駭人喔。」真凜說道。深山也點頭附和。

西郡從當實習醫生的時候就充滿熱情。腦外科的工作非常繁重，西郡不僅要值班，還盡可能想參與前輩的手術，睡眠時間少到今出川都為他擔心，甚至還有前輩賭他什麼時候倒下。但他無視周圍的擔憂，進入東都綜合醫院後也繼續過著不眠不休的生活。

因為年僅三十一歲就取得腦外科的醫師執照，曾幾何時，周圍對他的評價逐漸變成「年輕天才」。

他尤其精通外科手術與人稱血管內治療的導管手術。一般人通常只精通其中一種，兩種都要精通當然得花上雙倍時間學習及練習。就像大聯盟的大谷選手，西郡也一直挑戰前所未聞的手術，而且還成功了。

「他為什麼要活得那麼緊張？」

「雖然意思跟妳不太一樣，但我也替他捏把冷汗。」真凜也表示同意。

真凜的年紀雖輕，卻已是相當成熟的腦外科護理師，一路走來看過許多醫生。

東都綜合醫院網羅來自日本各地的頂尖腦外科醫生，愈是凡事拚盡全力的腦外科醫生，愈容易有天突然一蹶不振，還可能因此罹患憂鬱症或恐慌症。腦外科醫生經手的病人通常都是重症患者，再加上手術只要有零點一公釐的誤差，就會讓病人終生臥床，乃至於死亡，所以也有很多醫生被這樣的壓力擊潰。

「深山醫生也這麼覺得嗎？」小機問。

深山的看法略有不同。她覺得西郡與病人太過於保持距離了。

黑岩也有相同的毛病，但他刻意與病人保持距離的冷酷，背後有著強大的心理與信念支持。相較之下，西郡的問題更嚴重，也更脆弱。現在的外科醫生隨時都要面對被告上法院的風險，但西郡的冷漠並不是為了保護自己不被告，而是更本質上的問題——為了保護自己這個人本身，刻意與病人保持距離。冷酷無情本來就不是好事，然而西郡的冷漠更令人擔心。

西郡早早就逃離迎新餐會，逐一為住院的病人看診。本來處理完工作就可以回家，但今天輪到他值班，所以還不能走。

西郡最討厭成群結隊，對他來說結黨營私是弱者才會做的事。他是腦外科的獨行俠，不依賴任何人。腦外科分成初診、檢查、診斷、治療、手術、術後管理、回診等過程，腦外科醫生每個階段都要參與，而且都要獨力完成。他就是喜歡這點才選擇腦外科，並打從心底對醫生之間盛行的酒局文化半點興趣也沒有。

巡視病房時，西郡手裡始終拿著黑色原子筆，手背在身後，用三根手指轉動筆。這是模擬手裡拿著雙極電刀的練習。雙極電刀是種有如巨大鑷子狀的電動手術刀，如果不能駕馭雙極電刀，就別想成為腦外科醫生。想當然耳，他很早以前就已經掌握使用雙極電刀的訣竅，只是當實習醫生的時候曾在使用方法上出過差錯，引來當時的前輩深山一陣痛罵，從此以後便養成習慣時時刻刻拿著原子筆，在背後骨碌碌轉圈。

二十九歲的他，當時擔任深山開動脈瘤手術的助手。儘管那時便認為自己使用雙極電刀的方法比深山更高明，至今仍無法戒除練習的習慣。

如今已經沒有人能指導他在技術上的問題，要是能成功搞定今天提議的新井聽神經手術，自己的風評大概會比深山或黑岩還好吧。開刀的技術就是外科醫生的底氣，成為頂尖手術刀的那天已經進入射程範圍內了。

我很強，比任何人都強……

「咦，你沒聽說嗎？」西郡的閒話還在辦公室裡流傳。據真凜轉述，西郡的母親是心臟外科醫生，父親也是消化系統臨床醫師中的第一把交椅，經常上電視。大他很多歲的哥哥好像也是醫生。

「這樣啊……所以他那種傲慢的態度是家族遺傳嘍。」小機喝多了，胡言亂語，「可是啊，看在我這麼可愛的份上，有必要氣成那樣嗎？通常都會說『下次小心一點喔』就過去了吧。」

「是嗎。」真凜懶得理她。

「總而言之，我得想辦法搞定他才行，真不想跟那麼恐怖的前輩共事啊。」

與此同時，西郡回來放東西。

他看了眾人一眼，一臉不耐地嘖舌。

仗著醉意，小機的膽子大了起來，開口對他說：「嗨，西郡前輩！過來過來！」

西郡不理睬她，小機乾脆走到西郡身邊，攬住他的手臂，硬生生地拉他過來。西郡臉上的表情說有多難看，就有多難看。

「我還要寫摘要，而且剛才不是說過了？我今天值班，不能喝酒。」

「有什麼關係嘛，我幫你調一杯淡得像水的兌水酒。一杯就好，好嗎？」

小機不由分說地讓西郡在深山旁邊坐下，抓起放在桌上的波本酒瓶，在紙杯裡開始調酒。

「關於剛才提到新井先生的手術。」

深山舊事重提，任憑她好說歹說，西郡都只回答：「沒問題，包在我身上。」

這陣子西郡總是散發出一股擋我者死的戾氣，莫非是得意忘形了？三十四歲就被捧上天，也難怪會得意忘形。

「請妳安靜地看著吧，我不會搞砸的。」

西郡直視深山的雙眼時，小機插了進來。

「比水還淡的兌水酒來了！」把紙杯遞給西郡。後者挑釁地盯著深山，接過紙杯，一飲而盡。

差點沒咳死。

「要死了，妳給他喝了什麼？」真凜大叫。

「什麼？兌水酒啊……很淡的那種。」

「淡妳個頭啦，這不是水，是燒酒。」

一口氣喝下兌了燒酒的波本威士忌，西郡感覺酒精迅速地衝上腦門，眼前一黑。

葡萄糖點滴打到一半，西郡睜開雙眼。

「啊，你沒事吧？」正在觀察點滴量的真凜對他說。

「太危險了，差點就急性酒精中毒了。還好深山醫生立刻幫你催吐，送你到急診室。」

時間已經過了凌晨三點，他居然躺在專門接收急診患者的急診室裡。

「那傢伙！小機呢？」

「喔，確定你已無大礙後，剛才回去了。」

開什麼玩笑！西郡正要坐起來發飆，腦袋一陣劇痛。

「你最好別亂來喔。今天急診室有資深的岩下醫生坐鎮，剛才還交代我讓你多睡一會兒。」

別開玩笑了，我才不要欠別人人情。西郡爬起來，自己拔掉點滴，頭還昏昏沉沉的。「我回值班室了，有什麼狀況再通知我。」

真是的，都怪那隻菜鳥幹的好事。

西郡氣得全身發抖，一走進值班室，電話就響了。急診室打來說有人從三樓摔下來，怕是撞到頭了，必須由腦外科醫生會診，檢查腦部有沒有問題。

西郡急匆匆地趕往急診室。

「根岸麻里繪小姐，三十九歲，從住商混合大樓的三樓摔下來，原因不明。昏迷指數E1V1M2，血壓120、65，SPO2.95。應該是掉在植栽上，有擦傷和肋骨骨折，但是腳沒有斷。」

西郡邊聽急救醫生說明，邊檢查麻里繪的頭，酒臭味撲鼻而來。乍看之下似乎沒什麼問題，但還是安排她接受CT電腦斷層掃描。根據救護隊員的報告，恐怕是喝醉了自殺未遂。聽說她原本在酒吧喝酒，撂下一句「我要去死」就離開酒吧，跑到附近的大樓屋頂往下跳。

從ＣＴ斷層掃描的片子看不出腦挫傷或腦出血。左額葉有一塊小小的陰影令他有些在意，但那是什麼陰影則必須經過詳細的檢查才會知道。除此之外沒有明顯的異常，至少不緊急。西郡先為頭部表面的傷口縫了三針，然後由急診醫生接手，回到值班室。

一小時後，他接獲通知說病人醒了。因為斷層掃描拍到陰影，西郡放心不下，前往病房探視。頭還很痛，他想起小機，怒火再次熊熊燃燒。

草草向躺在床上的麻里繪打聲招呼，建議她最好再做一次ＭＲＩ核磁共振，仔細檢查。麻里繪心不在焉地回答：「是喔……」突然笑了出來。

「哈哈哈，我還活著，而且毫髮無傷，真是糟透了。」

嗓音與小機有幾分神似，西郡忍不住發出焦躁的怒吼：「經常有自殺未遂的人被送來急診，這種人通常都不想死，而且從三樓的高度跳下去也死不了人。」

麻里繪的臉色頓時變得很難看。

「如果妳真的想死，不如想想別的方法？」

西郡也知道自己身為醫生，這句話說得太重了，無奈醉意讓他控制不了自己。他尷尬地擅自關掉床頭燈，走出病房。

結果還是放心不下，兩小時後，西郡又去探視麻里繪的狀況，只見病房一片漆黑，只有月光從窗外透了進來，她動也不動地望著天花板。察覺到有人走進，她瞥了西郡的方向一眼。看來並無大礙……西郡正要轉身離去，麻里繪喃喃低語：

「我一直在想……有沒有人會來找我，就像現在這樣。」

麻里繪繼續仰望天花板，開始自言自語。從鄉下的四年制大學畢業後，她來到東京，進入房屋仲介上班。由於工作過於繁重，得了憂鬱症辭職。辭職後改當派遣人員，輾轉換過好幾家公司。最近因為公司問她要不要轉正，憂鬱症再次復發，在常去的酒吧與常客們喝酒時，突然覺得不想活了。

「爬到三樓的屋頂上，跨過欄杆，反手抓著欄杆時也一直在想，會不會有人來找我。」

別衝動，別做傻事，要愛惜自己。她一直在想，會不會有人願意對她說這些話。

麻里繪微微一笑。「可是都沒有人來。這也難怪。」

「沒有人會來喔……」

反應過來時，話語已經脫口而出。可是他的語氣十分平靜，與方才截然不同。

「不可能有人來。」麻里繪看著西郡，「每個人都是一個人，誰也不會來。人就是知道這一點，才會變得堅強。」

房間裡很暗。西郡也不曉得自己在跟誰說話。

西郡又要轉身離去前，回頭一瞥，麻里繪只是茫然地凝視著黑暗。

早上開始門診前，西郡小睡了三個小時。

又作夢了。

十一歲的西郡獨自爬上住家的後山。

為了哭，為了不讓任何人看見。每次在學校裡發生傷心的事，西郡都會獨自爬上後山哭泣。哭累了回頭，背後始終沒有其他人，只有迎風搖曳的草木。

夢作到這裡，西郡醒了。一想到可能是宿醉的頭痛害他作這種夢，不由得氣不打一處來。第二天——其實是相隔幾個小時後的早上，看到來上班的小機，西郡為昨天的失態把她罵了個狗血淋頭。小機拚命低頭道歉，身體幾乎都要對折了。

做完比較簡單的手術，西郡回到病房大樓時，已經過了十一點。為所有單人病房的住院患者檢查過一輪，麻里繪正準備出院。院方判斷她只是喝醉了，一時衝動才想要自殺，精神科的醫生也認為她可以出院。事實上，麻里繪正言笑晏晏地與真凜有說有笑。

「啊，西郡醫生。」

西郡愣住了。她臉上已經沒有昨天的陰霾，那也是喝醉之後的表情嗎？

「酒醒後，人也變開朗啦。」

「醫生也是啊。」麻里繪惡作劇地淺淺一笑。

「妳說了什麼？」西郡瞪真凜，她連忙否認。

「不是我說的。剛才小機醫生來幫她換點滴，是那個時候……」

聽說小機把所有與西郡有關，該說的、不該說的全部抖光了。

「又是那傢伙……」

「啊，我去幫妳結算住院費用，等我一下。」真凜慌不擇路地走出病房。

「好好笑，你的酒量這麼差啊。」

麻里繪心無城府地呵呵笑道。她的性格或許比自己想像的還要活潑。正因為是乍看之下開朗又堅強的性格，一旦受到挫折才更脆弱吧。她笑起來意外可愛。

「別喝太多酒喔。」

西郡很難為情，竭盡所能才擠出一句：「彼此彼此。」

麻里繪笑著調侃，態度有些高高在上。以前從沒有患者敢這麼親暱地跟他說話。看來只要扯上小機，情況就會變得失控。

真凜回來，向麻里繪說明繳費的手續。她幫麻里繪辦好了手續，過幾天要回門診檢查頭部傷口的復原狀況，以及為了慎重起見須再次拍攝ＭＲＩ磁振造影。

「啊，不過，真的給大家添了很多麻煩……對不起。」

麻里繪冷不防開始道歉。還去找急診室的醫生，拚命鞠躬之後才出院。

一週後，由西郡負責看診那天，麻里繪再次出現在門診的診間裡。

「哎，我上次真是太神經了，到底吃錯什麼藥啊。」

西郡擺出嚴肅的表情，為她檢查處理過的傷口。

「不過，任誰都幹過酒後亂性的蠢事吧。」

麻里繪意味深長地看著身旁的真凜說道，真凜不禁莞爾。

「仔細想想，你上次是在喝醉的情況下幫我縫頭上的傷吧？」

病人如此沒大沒小地對他說話，也是有生以來頭一遭。大概是因為他平常總是一臉被人欠了八百萬似地皺著眉頭，病人都嚇得不敢靠近。

「當時我已經酒醒了，而且會喝醉也是意外。更重要的是，這種程度的縫合，就算喝醉也沒問題。」

「因為你是天才嗎？」麻里繪惡作劇地笑了。笑容中不見女性患者令人不快的刻意討好。話說回來，小機究竟對她說了什麼。西郡有些難以招架，決定當沒聽見，淡淡地說：「嗯，沒問題。再來請去照ＭＲＩ，妳已經排好時間了吧。」

「對了，有本女性雜誌這次要製作年輕醫生的特輯，你願意接受採訪嗎？」

「女性雜誌？」

「對。這個月還得再找兩個人才行。拜託了，這是我少得可憐的朋友提出的請求。」

麻里繪以前擔任過雜誌的寫手，是當時認識的朋友。其實這方面的邀約已經直接、間接找過西郡無數次了。黑岩熱愛受訪，所以來訪問黑岩的電視台或雜誌記者也經常找上西郡，要求採訪。或許是看在他「年輕天才」這個頭銜與時下年輕人的長相吧。西郡對此毫無興趣，平常完全不為所動，不料回過神來，已經接受麻里繪的委託。一方面是因為她指定的地方就在醫院附近，再來是她有一股令人如沐春風，不禁想棄甲投降的特質。

「謝謝，感激不盡！看到醫生，我的編輯朋友一定也會很高興。」

麻里繪後來又吐了一些工作上的苦水，說她目前在那家出版社幫忙，但出版業陷入前所未有的不景氣，什麼時候被開除都不奇怪。

西郡在電腦內輸入她下次回診的日期，不經意地問起：「妳有什麼興趣嗎？」

「興趣嗎……大概只有音樂吧。」

「是喔。」

「別看我這樣，我以前也曾經想當歌手喔，類似創作歌手那種。」

「只是想嗎？」

「對呀，雖然也參加過試鏡……」

「然後呢？」

「然後就沒有然後了，因為那是個需要天賦的世界。」

確實是那樣沒錯吧。雖說西郡除了工作以外沒有其他興趣，音樂也頂多偶爾聽之，但就算如此也不難想像。絕對音感也是同樣的道理，在音樂的世界裡，平凡人再怎麼努力也比不上老天爺賞飯吃的人。電子病歷上寫著「懷過孕，但是沒有生產經驗」。三十九歲，吃過不少苦，已經不再是作夢的年紀了。西郡將診察結果輸入電腦，讓麻里繪離開。

後來又看了十來位門診病人，最後一位是聽神經瘤的新井伸二，他與母親和子一起來聽診斷結果。新井家是母子相依為命的單親家庭。和子愁眉苦臉地聽西郡說明。如同絕大多數人的反應，這輩子大概都沒有聽過腦瘤的說明，只是吶吶地重複著：「喔。」反倒是伸二意外冷靜。

接下來是考驗醫生功力的時間了，能不能讓對方簽下手術同意書，端看主治醫師的話術高不高明。

「這種腫瘤其實不容易發現，等到出現自覺症狀，多半已經長到五六公分大了。」

「喔……」

「是非常困難的手術。」

「請問……非做不可嗎？」和子提心弔膽地問。

「也可以用放射線治療，只不過以伸二的情況來說，腫瘤已經長得很大了，無法保證能有多少效果。」這是事實，不能對病人說謊。

「這樣啊。」

「也有可能還沒有出現效果，就已經演變成最糟糕的情況。」

「最糟糕的情況是？」和子追問。

「呼吸終止，因此喪命。」

和子不禁倒抽一口氣。明明已經說明過好幾次了，可是像這樣面對面地傳達，還是難免大受打擊吧。

「只有兩條路可走嗎？」伸二冷靜地問道。

他在婚禮規畫公司上班，工作是指導新郎新娘就定位，經常要在婚宴現場戴耳機交談，這次也是因為聽不清楚，才檢查出聽神經瘤。

「沒錯。但我認為動手術的成功率很高，雖然動手術的風險確實也很高。」

伸二始終定定地看著自己呈現在電腦裡的磁振造影。

「我明白了，請幫我動手術。」

「那我就排期了，日期決定後再通知你。」

西郡開始收拾資料時，和子開口：「請問……這個手術由誰來做？黑岩醫生嗎？」

「不，由我執刀。預計需要一整天的時間。」

「這樣啊……」和子似乎還有話想說，但西郡不給她機會說下去。

女性月刊打出「一百名最想嫁的黃金單身漢」這種莫名其妙的標題，在醫院附近一家咖啡廳採訪西郡。麻里繪說她常來這家店。她的動作非常迅速，請攝影師拍下必要的照片，同時也請編輯進行訪談，全程花不到三十分鐘。完成後，她強行攔住想回醫院的西郡，請他喝茶。

「一杯就好。」

店裡有好幾個螢幕，正在播放西洋樂團的音樂錄影帶。

「啊，對了，我做了曲喔。」

「曲？」西郡徹底忘了上次的對話。他還得準備伸二的手術，不是風花雪月的時候。

「喔，妳上次好像有說過。」

「好過分，枉費人家那麼用心地作曲。不過啊，做出來的曲子好到連我自己都嚇了一跳。」

「是嗎。」

「我用電腦錄，可是因為太好聽了，忍不住燒成光碟。」

麻里繪把圓形的ＣＤ放在桌上，ＣＤ套上還寫著她的名字。麻里繪愛不釋手地撫摸著。

「原本只是姑且一試，沒想到效果這麼好。」

「或許是因為過了一段時間吧。手術也是這樣，過了一段時間再回頭，突然明白……當時的失誤原來是因為那個原因啊。」

「或許吧。總之我很開心，光是這樣就已經是很大的收穫了。你願意聽嗎？」

「好啊，那麼明天下午一點門診見。」

西郡拿起那張ＣＤ。平常他絕對不會接受患者送的禮物，可是就連他自己也沒發現，這是他第一次收下病患送的東西。

「好好聽……這是普通人做的曲子嗎？」

因為家裡沒有ＣＤ播放器，午飯時西郡用辦公室的播放器聆聽麻里繪的ＣＤ。那台機器是手術時不曉得誰用過的，後來便一直放在辦公室蒙塵。

旋律立刻引來小機的注意。「這是誰的歌？」

當他回答是病人做的曲子時，立刻引來一群人圍觀。

「騙人的吧……」「真不敢相信……」年輕護理師七嘴八舌地說。

就連對音樂不甚了解的西郡，聽在耳中也認為是極為優美的旋律。既是時下流行的快節奏音樂，又有律動感，總之絲毫不比專業遜色。一向不苟言笑的西郡居然會放音樂，讓那些偷偷愛慕西郡的年輕護理師更瘋狂了。

「這一點也不普通呢，一點也不。」其中又以曾追過樂團的音樂狂粉真凜最為興奮，「太厲害了……」

「是可以出道的水準嗎？」西郡問她。

「完全沒問題喔，不如說我希望她出道。」

「這樣啊。」然而西郡嘴裡咬著午餐的飯糰，眼裡看著電腦裡患者的病歷，臉龐逐漸蒙上一層烏雲。

麻里繪的ＭＲＩ磁振造影中，左額葉有塊不正常的陰影。

「你覺得那首歌如何？」麻里繪前腳剛踏進診間，劈頭就問。

「我聽了，很好聽。」

「對吧？是不是對我刮目相看了。」

今天來當西郡助手的小機插嘴：

「建議妳寄給唱片公司喔。我覺得很厲害，就連音樂白癡也聽得出來的厲害程度。」

ＰＨＳ同時響起，小機說聲：「不好意思。」走了出去。

留下西郡與麻里繪獨處，麻里繪突然陷入沉默。

西郡詫異地看著她，她苦笑著垂下眼簾。

「不是啦，我只是在想，有必要寄給唱片公司嗎……」

「為什麼不？妳以後也會繼續作曲吧。」

「嗯。」

「如果可以出道，妳也想出道吧。」

「嗯。」

「既然如此，有什麼好猶豫的，當然要主動出擊。」

「話是這麼說……可是，真到了要主動出擊的時候還是會害怕，萬一對方說我寫的歌不行……」麻里繪第一次露出怯懦的表情。

「太軟弱了。」西郡的語氣十分認真，「太軟弱了，這麼軟弱還有什麼搞頭。」

麻里繪揚起視線。

「外科醫生也是這樣，如果不挑戰未知的病例，醫術就無法進步。每天都是挑戰。挑戰很可怕。可以的話我也不想挑戰，可是不挑戰就無法超越自己。」

就連西郡也很疑惑自己是怎麼了，可是他不由自主地曉以大義，還帶著熱情。「不管是誰，都不是生下來就很強大。別退縮，只要勇於挑戰，一定能殺出一條血路。」

西郡暗自心驚，沒想到自己內心竟然藏著這麼熱切的情緒，而且還是對毫無關係的外人發表高見。

「好吧，我試試看。嗯。」麻里繪放鬆臉上緊繃的表情，淺淺一笑，「一起喝酒的朋友裡面，有人以前在唱片公司工作，我問問那個人好了。」

「上吧，主動出擊。」西郡說完這句話，只告訴她還要再做一些檢查。

「呃，現在還不能斷定，但也可能沒什麼大問題。我想安排妳做血管攝影，再仔細檢查一下。」

西郡故意說得輕描淡寫，叫來護理師，安排檢查日期。除此之外，沒有其他說明。

「這是……腫瘤內出血。」放射線技師說道。

他送ＭＲＩ結果來給西郡，並一起研究電腦裡麻里繪的頭部造影圖片。左額葉有個稱為腦島的部位，那裡清晰地浮現出一塊約三公分大的腫瘤陰影，而且最近腫瘤內部還出血了。

「這是上次檢查的片子，當時還沒出血，所以光靠片子很難判斷。」

從造影可以清楚看見出血是這一個月內才發生的事。

「光是有出血的現象，就應該要開刀了。」

西郡也下意識點頭。長在「腦島」這個棘手部位的腫瘤，必須在保持清醒的情況下動手術，工程想必非常浩大，視情況也得考慮到留下後遺症的可能性。

他腦海中浮現出麻里繪興高采烈的笑臉。「我做了曲喔。」

「聽我說，那個人也對我做的曲子讚不絕口！還說我一定能出道，想立刻把我介紹給公司的人。」回診那天，麻里繪就連服裝也變得愈來愈花稍。

她鼓起勇氣，把燒了五首歌的光碟片交給她常去的居酒屋常客，是以前在大唱片公司工作的人，第二天就接到對方的電話。

「他超級激動地問我這真的是小麻……啊，我在那家店認識的人都叫我小麻。這真的是小麻做的曲子嗎？把我嚇了一跳。他還說：『妳真是天才，如果只花了兩天就做出這首歌，那妳絕對是繼井上陽水以來的天才。』舉井上陽水為例未免也太過時了。」

麻里繪說得輕佻，內心顯然樂不可支。

「還說他今天就要拿給現任的製作人聽。這真是太神奇了。啊，對了，這是我新做的曲子。」

麻里繪把裝在盒子裡的白色光碟片遞給西郡。

「裡頭有五首歌，每首都很棒。旋律不斷地浮現在腦海中。」

「這樣啊。」

「簡直是如有神助喔，半夜還得爬起來把旋律錄進電腦。我果然是天才。」

西郡提醒自己要冷靜地告訴手舞足蹈的麻理繪事實。

「我知道。聽我說，那個，關於前陣子拍磁振造影的結果……拍到不太好的影子。」

「什麼？」

西郡向她說明腦瘤的事。

一如絕大部分的患者都會有的反應，麻里繪似乎也沒有真實感。「我得了腦瘤？」

「而且還長在不太好的地方。」

西郡繼續說明最好動手術的判斷，以及動手術的風險。

「沒有手術以外的方法嗎？」

「也不是不能採取放射線療法……」

「那就用這個。」

「可是——」

麻里繪不由分說地打斷西郡。「就用放射線療法。我不要開腦。更重要的是，我現在哪有時間住院。醫生上次不也說過嗎？要我主動出擊。好不容易能讓唱片公司的人聽我做的歌，總之我現在沒空思考生病的事。」

「用放射線觀察一下狀況也是個辦法。」

麻里繪的ＭＲＩ造影投放在會議室的大螢幕裡，西郡長篇大論地解釋他選擇放射線療法的理由，但深山無法理解。西郡原本什麼也沒說，是放射線科問起：「還不用安排根岸麻里繪的手術嗎？」才連忙調片子出來看。

「她才三十九歲，從這顆腫瘤的長法來看，可能還會繼續長大。明明跟新井伸二一樣，你卻選擇放射線療法？」

「這是我的判斷。」

「為什麼？」深山不認為他真如小機她們私底下八卦的那樣，說他迷上了麻里繪，因為她深刻感受到西郡近乎異常的自律。

「為什麼不動手術？她有什麼不能動手術的問題嗎？」

「我考慮到QOL。」

「QOL？」

「根岸小姐的人生經由作曲，好不容易開始想往前走了。我認為不應該貿然動手術，讓她失去一切。」

深山是第一次從西郡口中聽到QOL＝Quality of Life（生活品質）這個單字，也是第一次聽他提及患者的「人生」。

從腫瘤的大小來看，深山不太能接受他的說法，但西郡才是主治醫生，所以也不能不管不顧地否定他的判斷。「好吧，可是一定要讓我知道下次MRI的結果。但凡腫瘤稍微長大一點，就要馬上動手術。」

散會之際，真凜叫住正要離開會議室的深山，說有事想請教她。一進到別的房間，立刻壓低音量說：「關於根岸麻里繪的病情……」

真凜手中握著一部 iPad。

另一個大手術——新井伸二的聽神經瘤切除手術也逼近了。西郡向共同參與手術的麻醉醫師、護理師、助手解釋術式。不止參與手術的深山，就連今出川、黑岩也出席了。

「為求萬無一失，擺位前要先固定腰椎引流管……以上，有什麼問題嗎？沒有的話就原地解散。」

抄筆記的護理師紛紛起立。

坐在最後面的深山瞥了身旁的黑岩一眼。「你怎麼看？」她問。

「嗯，我沒有意見，只不過……」

「只不過什麼？」

「我只能說，感覺不太對勁。」黑岩在喉嚨裡咕噥了一聲，「這是我的直覺。」

腦外科醫生的技術取決於努力、空間辨識能力、手靈不靈巧、經驗、執刀的案例多寡……不一而足，可最重要的莫過於直覺。要知道有什麼病灶、深入到什麼程度會有危險。手術導航系統再怎麼發達，終究敵不過人腦的複雜。腦外科醫生都知道，那些無法訴諸言語的直覺，也就是所謂的第六感，使用到大腦的部分遠比能用言語表達的還多。

見深山露出為難的表情，小機連忙跟上來，一派天真地問：

「深山醫生，妳不放心嗎？」

「少囉嗦，閉嘴。」

「別擔心啦，我也會參加手術，妳就放一百二十個心吧。」

就在深山真的想揍她時，腦中閃過一個念頭。麻里繪的事也讓她耿耿於懷。

「對了。」深山招招手，叫小機過來，「拜託妳一件事。」

深山一臉嚴肅地附在小機耳邊說，小機聽得臉色大變。「真的假的……」

「……不瞞妳說，這確實不是醫生的工作。」

「這我真的辦不到。」

「什麼？」

「我辦不到啦，再怎麼樣都辦不到！我才剛來耶，怎麼可能代替西郡醫生？不可能，太抬舉我了。」小機伸出雙手，在面前猛揮。

「對不起，我不能答應妳！謝謝妳這麼看得起我。」

小機低頭道歉，深山朝她的後腦杓狠狠地巴下去。

「誰要妳代替西郡開刀了，作妳的春秋大夢。」

「咦，不是嗎？那是什麼？」

「妳住在＊＊對吧。」

「欸？啊，對。我住在四丁目的三十二號之四，郵遞區號是——」

「不用郵遞區號。想拜託妳去一個地方，什麼時候都可以。」

「哪裡？」

「一家咖啡館。要是我能去，我也想自己去……」

深山交給小機一項「任務」，這也是為了確認真凜告訴她的事。

麻里繪獨自坐在RY唱片公司的會客室裡，臉上的表情很緊張。樂譜就擺在桌上，曲名是〈尋找夢的碎片〉。麻里繪戰戰兢兢地拿起那張樂譜，又看了一遍。不要緊，一定沒問題。後來不知給多少人聽過，大家都很驚訝，都說這個旋律太棒了，讚賞有加。大家都是外行人，所以反應也都很直接。能讓外行人都為之驚艷，可見自己做的曲子有多厲害。

正為自己加油打氣時，有人敲門，門隨即開啟，兩名男子走了進來。一名是以前在這裡上班，最先聽到曲子的前製作人，以及應該是現任製作人的四十歲長髮男子。

「妳就是根岸小姐嗎？請坐請坐。」兩人請麻里繪坐下，並肩坐在她對面。

「先從結論說起。」

她的心跳加快。

「這首歌真是太動聽了，完全體現出『現在』這一刻。我們想跟妳討論未來的具體規畫。」

匡噹一聲，她聽見夢想的大門應聲而開。

西郡坐在自己的辦公桌前，板著臉注視電腦裡的ＭＲＩ磁振造影，桌上的ＣＤ隨身聽播放著麻里繪的曲子。

「這是根岸麻里繪的片子嗎？」深山走過來問道，「讓我看一下。」

西郡默不作聲地將螢幕轉向深山。

果不其然，腫瘤明顯變大了。「……所以呢？」

西郡站起來。「我打算再觀察一下。」

「你要去哪裡？」

「病房大樓。」

「等一下。」

深山追西郡背後，他並未停下腳步，漸行漸遠。

「長這麼大，再不切除就危險了，你也知道吧。」

「不，不能一概而論，至少我不這麼認為。」

「既然如此，新井先生的手術又為何要如期進行，你這不是自相矛盾嗎？」

「我才沒有。」

「再拖下去，不知道什麼時候就會出狀況，我不能讓你這麼做。」

西郡停下腳步，重新轉過來面向深山。

「她現在正在戰鬥。」

「正在戰鬥？跟誰戰鬥？」

「跟自己的天賦。」

「什麼意思？」

西郡沒回答，繼續往前走。「那是她賭上人生的戰鬥，誰也無權阻止。」

與此同時，護理師從另一個方向跑過來。「請派一個人來急診室會診。」

「發生什麼事了？」

「有個病患昏迷撞到頭，被救護車送來急診，現已恢復意識，說她是腦外科的病人。」

西郡不等護理師說完就衝了出去。直覺告訴他那是誰。

麻里繪躺在急診室的急救病床上，頭部血流不止，急診醫生正在處理。送她過來的救護隊員說明著狀況：「根岸麻里繪小姐，三十九歲，突然倒在地下鐵的月台上，站務人員立刻打一一九通報。」

急診室醫生接著說：「昏迷指數E3V5M6，除此之外看不出神經學上的異常。起初還有意識，她說她在這裡的腦外科看診——」

「是我的病人。」

「喔，這樣啊。因為傷患有嗜睡的傾向，懷疑是急性硬腦膜下出血。」

西郡看了出血的部位一眼。「別擔心，應該沒問題。她的左額葉有一顆腦瘤，所以應該是症狀性癲癇，而非腦挫傷。」

「是嗎。」

「接下來交給我，我送她去做電腦斷層掃描。」

把麻里繪移到擔架上，前往X光室。深山、小機也趕來推擔架。

「這樣你還不打算動手術嗎？」

深山邊推擔架邊問他。西郡的嘴唇抿成一條線，答不上來。

「身為腦外科次長，我不能再縱容你了。」

「那妳問她本人，她一定不會同意。」

「我沒告訴過你，能不能讓病人簽下同意書也是主治醫生的本事嗎？」

西郡無言以對。

「如果你不做，那也沒辦法，換我當她的主治醫生。」

「休想。」

「你憑什麼替她決定？」

西郡氣急敗壞地吼道：「因為有些事比活著更重要！」

他的聲音與其說是怒吼，更像是吶喊。

麻里繪果然是腦瘤引起的症狀性癲癇，先住院靜養一晚，隔天再接受接查，總之沒有生命危險。西郡明天從一早就要為新井伸二動手術。深山說她留下來值班，硬把西郡趕回家。不能因為今晚的事，讓明天的長時間手術有任何差池，迫不得已，深山只好強迫自己上了年紀的老骨頭，替西郡值班。西郡無論如何都不肯答應讓出麻里繪的主治醫生之職。深山感覺再這樣下去，他會整夜守在麻里繪床邊，便答應這件事改天再說，先打發他回家。

那天夜裡，西郡只睡了幾個小時，又作了那個夢。

還是在後山。西郡當時住的舊城區後面有一座小山。年僅十一歲的他為了哭一場，一個人爬上山。

儘管他從幼稚園就很孱弱，還是交到了朋友，過著快樂的日子。直到小學四年級搬家後，一切風雲變色。

母親被延攬到專門接收急救傷病患的醫院，全家為此搬到舊城區。舊城區有一種傳統的野蠻氣息，孩子們的權力關係並不取決於成績好壞，而是取決於運動及打架能不能贏，但西郡在這方面處於壓倒性的弱勢。加上父母都是醫生，在不少同學的家都是鐵皮屋的情況下，唯獨他們家租的房子是特別豪華的透天厝，更是引人注目、受人嫉妒。

成群結黨的孩子先嘲笑西郡的自然捲。

看到現在的西郡，絕對無法想像他以前有多膽小。當時的他扭捏害羞，連個像樣的反擊都做不出來，沒有比他更好欺負的對象。「捉弄」日漸升級，西郡曾被關進養鳥的籠子裡，被人從外面潑水。

「你們給我收斂一點。」

當時三十三歲的級任老師根本不管事。西郡的母親曾在家長會上當面指責他的教育方式，從此以後，老師就不給西郡好臉色看。小學與國中不同，所有的科目都由級任老師監督，一旦被級任老師討厭，就意味著置身地獄。

在這樣的情況下，只有一個男生始終對他不離不棄。那男孩姓松野，跟西郡一樣都很喜歡昆蟲，亦即現在所謂的昆蟲迷。

他比西郡更善良柔弱。

愛欺負人的孩子王終於盯上了他。

有一天，西郡被叫到沒什麼人煙的校園一角，松野也在，孩子王逼他們打架。

松野還在嬉皮笑臉，西郡逼不得已，甩了他一巴掌。手心裡殘留著有生以來第一次打人的觸感。即便如此，松野還是笑笑的，眼角泛著淚光。西郡又打了他一拳。如果不動手就輪到自己倒楣了。但松野依舊沒有反擊。欺負人的壞孩子彷彿踢開已經玩膩的玩具，丟下一句：「什麼嘛，好無聊。」頭也不回地離開了。

只剩下他和松野兩人。西郡正想向他道歉時，松野以一貫的語氣說：「沒關係。」微微一笑，可是看也不看西郡一眼，逕自轉身離開。從此以後，他們再也沒有說過話。

儘管如此，霸凌並未停止。他不僅失去了唯一的朋友，還繼續被大家霸凌。

每次「被欺負」後，西郡都不想直接回家，家裡只有嚴格的母親、幾乎不回家的父親，以及大他好多歲的優秀哥哥，沒有人能讓他敞開心房。所以每次受了委屈，他都會去爬後山。

他一直在等。等一個人找到哭泣的他，摟著他的肩膀安慰他。然而自始至終，那個人未曾出現。

領悟到根本不會有人出現後，西郡變得堅強起來。即使受到欺負也不再表現在臉上，無論什麼時候都能佯裝平靜。

不知不覺間，再也沒有人欺負他了，但同時，他也不再與任何人交心，開始拚了命地用功讀書，從那所公立小學考上當地唯一一所可以從國中直升高中的私立完全中學，再考上東都大學醫學系，進入東都綜合醫院的腦神經外科。

他滿身大汗地醒來。

大概是因為要幫新井伸二動手術，壓力太大才會作這種夢。過去只要被逼得太緊，就會作這個夢。考醫大的時候、畢業考的時候、高考的時候、考腦外科醫生執照的時候……然而，西郡從未因為要動手術作這個夢。手術從來都難不倒他。他的手從一開始就很靈巧，畫也畫得很好。

大概是因為空間辨識能力優於常人，據說優秀的外科醫生都很會畫畫。西郡這個時代的外科醫生已經不像以前那樣師徒關係嚴明，所以初入行就有很多機會可以動手術，藉此累積經驗。待他驀然回首，已經成為眾人口中的「天才」。

既然醒了，西郡開始預習新井伸二的手術。

「手術要做四次」是深山的教育。首先是門診，接著是手術前的檢查，然後是進開刀房前刷手的時候。要做好萬全的模擬演練，才能動手開刀。第四次就是正式手術。西郡積極地吸取前輩的優點。就拿新井的手術來說，他已經在腦海中模擬過無數次了，但還是作了那個夢，可見他有多麼不安。

手術前，在洗手台刷手時，西郡突然陷入了錯覺，刷掉的到底是手上的汙垢，還是毆打松野的觸感——如果是後者，事到如今也不可能洗得掉。

麻里繪在重症加護病房醒來，聽深山說明事情的來龍去脈，她完全沒有昏倒前後的記憶。

「這樣啊，西郡醫生他……」

「沒錯，他堅持要一直陪在妳身邊，是我說明天一早就要開刀，硬逼他回家的。」

麻里繪苦笑。

「真稀奇。妳可不要告訴他喔，西郡醫生平常其實很冷漠。」真凜補了一箭。

「這樣啊，我還想告訴他今天發生的事呢。啊，不過，明天就能見到他吧。」

「今天發生了什麼事嗎？」真凜問道。

「嗯，對呀，有一點收穫。」

麻里繪毫不猶豫地提起唱片公司的事，顯然很想與別人分享喜悅。

「這樣啊……那真是太好了。」深山情緒複雜地說。

「可是我完全不記得自己在哪裡暈倒。啊，對了，可以把那邊的手機拿給我嗎？」

麻里繪指著放在床邊桌子上的手機，深山拿給她。據說利用Google的時間軸，就能一手掌握那天去過什麼地方，應用程式會把帶著手機移動過的路線完全記錄下來。麻里繪吊著點滴，無法順利地打開手機。

「哎呀，看不下去了，我來幫妳。」真凜接過手機，照她說的方式操作軟體，叫出當天的時間與經過的路線，麻里繪看著手機螢幕說：

「哦，神谷町啊……我在那裡昏倒了。」

「好方便的功能啊，可以借我看一下嗎？」深山問，「我愈來愈不熟這種高科技的玩意兒了。」

「可以呀，反正我的移動範圍幾乎只有家裡和辦公室之間的兩點一線。」

「是嗎？不用跟男朋友約會嗎？」真凜促狹地微笑。

「看也知道我沒有男朋友吧。」

應用程式裡出現麻里繪的時間軸，還有每天經過的路線。她確實是在神谷町的車站暈到。有些日子標注了特別的記號。

「喔，那是我寫歌的日子。旋律會一股腦兒地湧上心頭，是很特別的日子。」麻里繪笑著說。

看到她的反應，深山確定自己猜得沒錯。她先是從真凜口中得到提示，又派小機去「那裡」確認過，如今猜測已得到證實。

西郡弄錯了一件很重要的事。不，其實是麻里繪弄錯了……

西郡醒來時，沒來由地確信那個夢會在今天畫下句點。只要今天能成功地完成新井伸二的手術，一切就結束了。我會變得更強大。我是天才。

抵達醫院時，他與尚未麻醉的伸二及和子打招呼。

「醫生……真的真的拜託你了。」和子一再向西郡點頭鞠躬。

「別擔心，請相信我的技術。今天會是漫長的一天，請千萬抓緊時間休息，不要累壞自己。」西郡把手放在和子肩上。陪同出席的深山從未見過西郡這一面，小機和真凜也驚訝地看著他。

手術於上午八點開始。伸二接受全身麻醉，側臥在手術台上。

「再往右一點，對對……就是這樣。」小機等人一點一點地移動伸二的身體，光固定就花了一個小時。腦外科手術最初的擺位至關重要。進行開顱手術時，頭擺在什麼位置將決定到達顱內的速度。一旦固定就無法再移動，所以不容許失敗。甚至有醫生直接認定「擺位是腦外科手術的關鍵」。西郡也比平常更慎重地調整伸二的身體位置。

「很好，可以開始了。」

在後面監督的深山也認為他擺的位置還不錯。

聽神經瘤摘除手術在技術上之所以困難，就在於要讓腫瘤表面露出來的技巧。腫瘤長在腦子深處，而聽神經瘤更長在後頭蓋骨底下。要找到腫瘤，必須從耳朵下方進去，在小腦與錐體骨之間用僅僅兩公釐的腦壓板稍微按住小腦，才能找出縫隙。如果由醫術不佳的醫生執刀，可能會破壞小腦，導致腦部腫大，造成出血。必須以恰到好處的力道按住小腦，找到腫瘤才行。但即使找到腫瘤，周圍也還有大量的腦神經及血管縱橫交錯；再往後深入一點，則是主掌呼吸功能及維持生命的腦幹，稍有損傷就會立刻變成植物人，乃致死亡。

西郡邊利用腰椎引流管排出少許的腦脊髓液，盡可能輕柔地按住小腦，慎重地找到腫瘤。

「好大啊。」他不經意地驚呼出聲。無論手術前再怎麼仔細檢查，也有可能實際打開來一看，發現腫瘤比檢查結果大，或位置偏移。

接下來要先切除腫瘤，但可不是像取出一顆乒乓球般切除腫瘤就行了。隨著體積變大，腫瘤也連接著提供營養的毛細血管，而腫瘤內也有大量的腫瘤血管。其不同於一般血管，形狀極不規則又脆弱，很容易出血。

一般情況，可以用雙極電刀幫出血的大腦凝固止血，但腫瘤血管不像普通血管具有彈性，它不容易收縮，所以也不容易止血。一旦大出血，術野便會殷紅一片，擋住視線，進而對手術造成影響，難以從腦幹剝離腫瘤，同時保存神經及血管。

西郡雙眼緊盯著手術用顯微鏡，謹慎地動刀，將出血控制在最少範圍內。截至目前沒有任何問題。

再來才是重點，要確認透明的顏面神經及聽神經的位置。這些神經受到腫瘤壓迫，並且在腫瘤上沾黏得到處都是。不僅如此，聽神經還是所有神經中最脆弱的，即使還殘留著肉眼可見的纖維，有時候也無法靠剝離手術來處理。

「請開始ＡＢＲ（聽性腦幹反應檢查）。」

臨床檢查技師開始給予刺激，手術室裡響起「卡答卡答卡答」的聲音。病人全身麻醉，但聽覺功能仍有反應，透過監視器的波形便能檢查聽神經是否正常運作。

「雙極電刀。」

西郡確實吸掉少量出血，慎重地一點一點切除腫瘤。

顏面神經也同樣需要避開。西郡將神經探針貼在腫瘤表面的膜上監看，檢查神經在那層膜底下的位置，避開後再小心翼翼地刮除腫瘤。每刮完一部分就要花時間止血，再繼續刮除，週而復始。所需時間彷彿沒有盡頭，必須無比專注才行。一般人在執刀過程中會停下來好幾次，請助手幫忙壓住患部，做一些轉動肩膀的體操，放鬆肌肉，否則手臂會僵硬痠痛，可是西郡一刻也沒停下來過，其注意力真是令人佩服。

儘管已經過了五個小時，他的速度仍快得異於常人。

這時，黑岩進入手術室，西郡渾然未覺。

黑岩走到後面，站在監看的深山身旁，小聲說：「部長叫我過來看看。」

「再來要摘除內耳道的腫瘤，給我開顱鑽。」西郡說道。

黑岩見狀也不由得讚嘆：「嗯哼，好快啊。」

終於來到最後的收尾，到現在為止都很順利，只差一點了。

西郡的注意力更加集中。

和子心急如焚地獨自在手術室外等待。她自認身體健康，活到這個歲數，除了盲腸炎開刀以外，幾乎沒住過醫院。如今內心充滿不安，擔心會不會是自己分走了兒子的健康。隨著時間一分一秒過去，不安愈來愈強烈，滿腦子只有手術什麼時候結束、手術什麼時候結束，回過神來，已經整天粒米未食、滴水未進……

「很好，大概就是這種感覺。」西郡盯著手術用顯微鏡，喃喃自語。

這是手術接近尾聲的訊號。腦瘤已清除乾淨，顏面神經也剝離、保存完畢，聽覺反應經檢查也沒有問題。

接下來只要把切開的頭蓋骨縫回去就好了，這項作業就連助手也能搞定。

下午五點，開始到現在總共經過九個小時。

「太完美了……」其中一位助手忍不住驚嘆。麻醉醫師、現場監看的技師、護理師全都不約而同地拍起手來。

深山和黑岩也為他鼓掌，但西郡本人早已筋疲力盡，無力接受大家的喝采。

當一切結束、伸二被送進加護病房後，已經過了晚上八點。和子感激涕零地握住醫師的手，西郡告訴她已經沒事了，要她早點休息。說完走向辦公室，但實在太累，冷不防在走廊的長椅上坐下。

他以前所未有的速度完美地切除巨大聽神經瘤，不止顏面神經，連聽覺也得以保全，說是神乎其技也不為過。像這次這麼大的腫瘤，通常都不得不犧牲聽覺。考慮到西郡才三十四歲，誰能不誇他一句「天才」？

然而，他並未得到平時動手術的成就感。搞定初次挑戰的超高難度手術後，幾乎只剩下如釋重負的感覺。

假如聽神經再偏移一公釐、顏面神經再薄零點五公釐，無法用雙極電刀順利地止血……就不會是相同的結果。這次可說是「奇蹟」。他走在危險的鋼索上，這次只是剛好成功著地而已，要是不小心從鋼索上跌落，一切就完了。腦外科的高難度手術就是這麼嚴峻。

「天才」這個字眼真是太好用了。一般人看到凡夫俗子難以企及的天賦時，就給對方貼上天才的標籤。但真正的天才具有遇神殺神、遇佛殺佛的本事，而他並非這麼厲害的角色。

「可以給我點時間嗎？」深山來到面前。

西郡連開口的力氣都沒有，可是在聽到下句話時，整個人清醒過來。

「是關於根岸小姐的事。」

「她怎麼了？」

看到西郡慌張的反應，深山苦笑。

「別擔心，我不是指她的病。她的狀況很穩定，明天做完檢查，下午就可以出院了。」

「是嗎……那就好。」

深山在他旁邊坐下。

「所以呢？有什麼事？」

深山欲言又止地垂下眼睫。她很少露出這種表情。

「到底有什麼事？」

「你知道根岸小姐是從唱片公司回家的路上暈倒嗎？」

「知道，她上次說過要簽約了。」

「最好不要，請醫生阻止她。」

「什麼意思？我不懂妳的用意……」

深山嘆息。「因為她不是靠自己的本事作曲的。」

「妳到底想說什麼？我完全聽不懂……」

「她是學者症候群的患者。」

「什麼？」西郡反問。

「我認為，是左腦的腦瘤引發了後天性的學者症候群，因此能立刻重現只聽過一次的曲子。」

學者症候群的患者幾乎都伴隨自閉症之類的障礙，會在極為特殊的領域發揮突出的能力。電影《雨人》中，達斯汀·霍夫曼飾演的主角就具有特殊才能，可以記下只看過一眼的撲克牌面、瞬間計算出幾萬位數。這種能力表現在各種不同的層面，也有所謂的音樂天才，能記住兩千首歌劇的樂譜、樂器、歌聲，並加以忠實呈現。

後天性的學者症候群則是非常罕見的疾病，也有人是因為頭部生病或重傷，突然發揮特殊能力。大部分的學者症候群都具備異於常人的記憶力，至於為什麼能發揮那些能力，則尚有許多不解之謎。

「也就是說，她寫的歌都不是她的原創作品，都有原曲，她只是完整地複製下來。恐怕是無意識間的行為。」

西郡啞口無言。「騙人的吧。」

「因為她是突然有一天才做出一首又一首曲子，而且都非常動聽，讓我有些在意，而且有些曲子我好像在哪裡聽過。」

愛聽西洋流行音樂的真凜也注意到這點，總覺得好像在哪裡聽過麻里繪寫的歌，上YouTube搜尋，便找到相同的歌曲。

「再加上我從她的手機裡看到她的行動範圍，你也去過吧？＊＊的咖啡館。」

那是西郡接受採訪的咖啡館。

「她每次去完那家咖啡館一定會寫歌。那家咖啡館的大螢幕播放著YouTube上來自世界各地的地下音樂。就算是唱片公司的製作人，也不可能聽遍全世界的音樂，所以就算聽到她做的曲子也分辨不出來。可是一旦錄成唱片，必定會引起軒然大波。」

「太荒謬了。」西郡錯愕到說不出話來。

那她的「才華」到底算什麼？全都是謊言，是虛假的抄襲嗎⋯⋯

「我猜只要拿掉左額葉的腫瘤，學者症候群的症狀就會消失。」

這也意味著現在的麻里繪即將「死去」。

「怎麼這樣⋯⋯試問從今以後，她要怎麼活下去！」西郡扯著嗓門大吼。

深山不與他的出言不遜計較，平靜地回答：

「這我就不知道了，這不是我們該煩惱的問題。」

醫生不能干預病人的人生，也無法為病人的人生負責。這是每個醫生再清楚不過的道理。但有時，還是忍不住想介入，愈是年輕的醫生，愈容易有這個毛病。

西郡仍一臉茫然地瞪著半空。

深山開口：「主治醫生是你，應該由你告訴她。」

深山站起來的同時，黑岩小跑步地走來。

「怎麼，你還沒走啊？」深山問起。

「嗯，我正打算回家的時候，被護理師叫回來。」

深山露出不解的表情，黑岩說明：

「剛才那個病人叫什麼？新井先生嗎？他母親昏倒了，可能是腦梗塞。」

和子被緊急推進手術室時，已經失去意識。聽說她昏倒在從加護病房到家屬休息室的走廊上。照過頭部ＣＴ，確定是蜘蛛網膜下腔出血，為了詳細檢查出血部位，目前正送去接受ＭＲＩ核磁共振。

黑岩、深山與麻醉科醫生討論要由誰動手術時，西郡插進來說：「由我負責。」黑岩與深山面面相覷，因為西郡才剛完成將近十小時的手術，但西郡堅持要自己執刀。於是黑岩毫不戀棧地離開：「哦，是嗎，那就交給你了。」

深山無可奈何，只好答應當他的助手。

然而，看到ＭＲＩ的片子，在座的麻醉醫師及所有工作人員都大聲驚呼：

「這是什麼？」「怎麼會這樣？」

西郡和深山也看得瞠目結舌。

顱內有三顆動脈瘤，其中一顆應該已經破裂了。出血部位目前暫時凝血，但是誰也不曉得什麼時候又會破裂，而且光靠ＭＲＩ造影，也很難判斷是其中哪一顆破裂。換句話說，三顆都是腫瘤，必須以所謂的「夾除術式」用血管夾夾住腫瘤源頭，避免腫瘤破裂。

正常人有四條通往腦部的動脈，分別是兩條頸動脈與兩條椎動脈，然而……

「只有一條！」西郡不由得失聲驚呼。

和子居然只有一條動脈。大腦的血液循環只要停止三分鐘，病人就會死亡。處理動脈瘤的時候，因為正常人都有四條動脈，就算暫停其中一條的血液循環幾分鐘也不要緊。停止血液循環等於是堵住流動的河水，藉此修護有問題的堤防。然而當動脈只剩下一條，將無法停止血液循環。也就是說，必須在河水流動的情況下修復河堤，而且有問題的地方多達三處。

「怎麼辦……」麻醉醫師發出軟弱的呻吟。

「還能怎麼辦……只能硬著頭皮上了！」西郡罵回去。從血管的狀態來看，已經刻不容緩，不能再靜觀其變了。前所未聞的緊急手術就此展開。

從急診室前來支援的麻醉醫師及助手動作俐落地開始準備，轉眼就剃光和子的頭髮，由西郡決定施術的體位，著手開顱。

深山隨侍在側，打算一有狀況就馬上接手，所幸西郡的動作不見絲毫疲態。

「好快。」其中一位助手出聲讚嘆。

不知不覺間，已經抵達第一顆動脈瘤。

西郡盯著手術用顯微鏡的目光變得銳利。深山看得出來他的肩膀比平常用力，顯然是比平常還要緊張。

透過顯微鏡，可以看見動脈瘤被凝固的血液沾黏得亂七八糟。接下來才是重頭戲，必須一口氣夾除腫瘤。

西郡拿著血管夾的手微微顫抖。

突然，他腦中浮現出意想不到的畫面。

時間是小學四年級，地點是校園一角。

被壞孩子威脅，毆打好朋友松野的畫面。

甩他巴掌時，掌心裡的觸感。松野直到最後一刻都還帶著笑意的眼神。

彼時吹過燠熱的風……

「西郡！」

深山的叫聲與顯微鏡裡的動脈瘤破裂，在同一剎那發生。

術野頓時染成一片殷紅。

「抽吸管！」西郡一聲令下，傳遞器械的護理師手忙腳亂地遞出工具。

深山也看著顯微鏡下的畫面，但術野已被鮮血占滿，看不見其他東西。

「動脈瘤破了……」其中一位助手失神地說。

「可惡……可惡！」西郡拚命用抽吸管抽取，但遠遠追不上出血的速度。

「光靠毛細管吸排管不管用了，最好換成比較粗的開顱用吸排管。」

深山建議，但西郡置若罔聞。

「西郡！」

西郡的手停下來了。整個人失魂落魄，全身僵直，完全動彈不得。

深山暴跳如雷。「閃開，讓我來！」

就在這個時候。

「聽說狀況很危急？」黑岩穿著手術衣走進來。大概是有人看到ＭＲＩ成像，叫回正要返家的黑岩，請他來幫忙。

黑岩看了監視器裡的術野一眼，以非常不合時宜的悠閒語氣說：

「瞧瞧——這真是令人興奮呀。換我來吧。」

黑岩若無其事地推開西郡，雙眼湊近手術用顯微鏡。

「這出血量也太誇張了，先控制住往腦幹方向擴散的出血點吧。給我大片的棉花。」

傳遞器械的護理師連忙遞出棉花。

「喂喂喂，我說的是『大片的棉花』。鎮定一點，鎮定又迅速，懂嗎？」

護理師遞給他另一種棉花，黑岩開始吸除出血。

「要降低血壓嗎？」麻醉醫師問道。

「不行，這裡要用臨時血管夾。請讓血壓上升，動作快。」

椎動脈重新出現在監視器的畫面裡。

「十五公釐的直形血管阻斷夾。」

護理師遞出血管夾。

黑岩先用血管夾夾住血管四周，加以固定、止血。

「好極了！每分鐘向我報時一次。同時施打依達拉奉。」

黑岩把動脈瘤周圍的凝血塊吸乾淨。看在眾人眼中，彷彿只有黑岩身邊流動的時間與全世界不同步。

「一分鐘！」助手報時。就連深山也能聽見其他護理師正在背後竊竊私語。

「頂多只能撐幾分鐘……」

「要在短短幾分鐘內夾除動脈瘤？怎麼可能，一般要三十分鐘吧。」

助手又大聲報時：「兩分鐘！」

「十公釐的槍形動脈瘤夾。」黑岩的音調沒有絲毫變化。

「三分鐘！」反而是助手的聲音愈發趨近於尖叫。

傳遞器械的護理師正要把動脈瘤夾裝到鉗子上，手卻抖得不聽使喚。

「夾子，動作快！」深山發現護理師的手停下來了，大吼一聲，搶過護理師手中的動脈瘤夾，裝到鉗子上，交給黑岩。

黑岩把夾子靠近動脈瘤的源頭。

「四分鐘！」

「MEP[3]的波形變小了。」技師吶喊。

心電圖機發出震天的嗶嗶聲。腦部即將缺氧。

「好了，我要鬆開血管阻斷夾嘍。」

黑岩鬆開夾住椎動脈的血管夾。萬一有個什麼閃失，血會從這裡噴出來。在這種情況下，一旦出血就表示萬事休矣，一切到此結束。

血液再度流入長出動脈瘤的動脈。有人開始祈求上帝保佑：「神哪……」

動脈瘤的夾子撐住了，沒有出血，血液順暢地流入動脈。

所有人都鬆了一口氣。

「剩下兩顆要在兩分鐘內完成，計時。」黑岩說道。

「兩分鐘?!」麻醉醫師呆若木雞。

「不然病人的腦撐不住。從動脈的感覺來說，如果要再次阻斷椎動脈，最多只能撐兩分鐘。再給我一次血管阻斷夾！」

深山趕緊替護理師遞出剛用過的血管阻斷夾。

「要用什麼神經元保護劑？」麻醉醫師問黑岩。

「甘露醇和類固醇。」

「一分鐘！」助手又放聲大喊。

「剩下一分鐘要夾除兩顆腫瘤……」

「完成一顆了！」有名護理師目不轉睛地瞪著監視器中的顯微鏡畫面驚呼。

黑岩額頭上的汗水閃閃發光，就連他也不禁沉默下來。

「兩分鐘，兩分鐘了！」

3　編按：中文名稱為「運動誘發電位」。目的是藉由機器顯示神經系統受刺激後的波形變化，來檢查神經傳導途徑是否有異常。

用夾子夾住最後一顆動脈瘤的根部，同時也鬆開椎動脈的血管阻斷夾，只見血液流進長出動脈瘤的動脈裡。

「太好了……」深山也忍不住仰天長嘆。

黑岩的臉終於從顯微鏡前移開。「再來就麻煩妳縫合了，可以嗎？我要收工了。」

「好的，交給我。我十分鐘就能搞定。」

「啊……累死我了，這份工錢一定要另外算。」

語聲未落，黑岩已迅速摘下手術帽，走出手術室，看也不看始終茫然佇立在一旁的西郡一眼。

「聽說昨天忙得雞飛狗跳？」

西郡一踏進醫院辦公室，就得到今出川嬉皮笑臉的慰勞。西郡不置可否地草草帶過，前往加護病房。伸二與和子的情況都很穩定。

經過通往病房大樓的走廊上時，他與深山擦肩而過。

「去看根岸小姐嗎？」

「是的，我正要過去。」

「這樣啊。」

西郡走進麻里繪的單人病房，麻里繪正坐在床上，神清氣爽地哼著歌。

「啊，醫生。」麻里繪精神抖擻地打招呼。

「聽我說！RY唱片公司願意買下我作的曲，我終於可以出道了。」

西郡微微一笑。

麻里繪見狀，不滿地抗議：「等等，你那是什麼笑容，就不能再高興一點嗎？＊＊和＊＊都要幫我製作唱片耶，厲不厲害？他們說我寫的歌很有新鮮感，還說真不敢相信！所以現在可不是躺在病床上睡覺的時候，快點讓我出院嘛，醫生。」

西郡一瞬也不瞬地凝視著麻里繪。

「怎麼了？」

西郡內心湧起一股莫名的罪惡感，彷彿她得了學者症候群是自己害的。她跟自己一樣，一樣軟弱，才會受到命運的毒打。

「弄錯了……」

「什麼東西弄錯了？」

「根岸小姐的……那個……」話卡在喉頭，說不出口。

「弄錯什麼了？我的病嗎？」

「不是，不是妳的病……」西郡從聲帶裡擠出聲音。

「到底是什麼？」

「妳……妳並沒有才華。」

「……什麼？」

麻里繪的表情文風不動。

西郡向她說明後天的學者症候群。麻里繪的靈感是腦瘤造成的結果，她做的曲子只是無意識把她在咖啡館聽到YouTube上的音樂，原封不動地重現出來，並非她的原創作品，只是模仿。

「妳做的……其實是這首歌。」

西郡讓她看手機，手機撥放的音樂與她給自己聽的旋律分毫不差。

「動手術吧。」西郡說。

麻里繪一臉呆滯，失神地聽他解釋。

「最好立刻開刀，取出腫瘤。手術計畫已經安排好了，由我執刀。」

最後一句話，聲音輕得幾乎聽不見。他無法直視麻里繪的臉。

「接下來……」

「什麼？」

「接下來……我該怎麼活下去？」

西郡答不上來。

「我該怎麼活下去……」麻里繪淚流滿面。

「我不知道……」西郡好不容易擠出這幾個字，「我跟妳一樣，也不知道自己該何去何從……」

麻里繪抬起頭來，看著西郡。

「我現在……也陷入了困境……」

失去相信的東西，人還能活下去嗎？

西郡也不知道。儘管如此，大概也得繼續活下去。

他轉身正要離開，麻里繪的聲音傳入耳中。

「我有。」

西郡回頭。

麻里繪開始在五線譜上不知寫些什麼。「我當然有……我有才華……」

她一個勁兒不曉得在五線譜上寫些什麼，但就連音樂門外漢的西郡也看得出來，她只是在虛張聲勢。

西郡向深山報告麻里繪要動手術的事，隨後為半夜在和子的手術上失態的事，向她道歉。

「對不起，我只是這種程度的醫生。」

既不是低聲下氣，也沒有惱羞成怒，只是雲淡風輕地表達自己的心情。他的盔甲已然瓦解，不曉得消失到哪裡去了。

「請向部長報告，如果要開除我，我也欣然接受。或許我需要暫時離開手術現場，冷靜下來想一想。這是我的真心話。」

「是喔。」

「我對自己感到絕望。」

深山停頓了半晌才回答：「我也一樣。」

「……什麼？」

「我每次看到黑岩都會很絕望。我跟他差太遠了，尤其是天賦，完全不一樣。在那麼大的出血量下，不只暫時止血，夾除破裂的腫瘤，還把剩下的腫瘤也全部處理好了。結果是對的，但教科書裡完全沒有這種做法，他果然是天才。」深山接著說，「所以我每天都很絕望，對無法望其項背的『天賦』感到絕望。」

這是第一次深山如此深刻地對他說話。自從來到這家醫院，他從未與任何人聊得如此深入。不，自從打了松野，他或許就再也沒有跟任何人說過話了。

「不過這也沒辦法。就算是這樣，也只能活下去。只能自己消化一切，繼續活下去。」

深山言盡於此，轉身離去。西郡暗忖，原來她也能這麼心平氣和地說話啊。

三週後，伸二與和子出院了，麻里繪的手術也如期進行。

麻里繪左額葉的腫瘤順利摘除，三週後出院。

她失去了忠實重現聽過的曲子的能力。說來也巧，出院那天，正好是她四十歲的生日。

當天晚上，西郡作了一個夢。

十一歲的西郡獨自前往後山，一個人哭泣。

這時，有聲音從背後傳來。

他回頭張望。只有比人高的草叢被風吹動。

他再睜大雙眼看。終於……聽見遠方傳來腳步聲。

腳步聲慢慢靠近，草叢裡走出一個人。

是西郡，三十四歲的他。

他對怔忡地看著自己、十一歲的西郡，溫柔地開口：

「可以了。」

他的臉上掛著淺淺的笑。「已經夠了。你已經盡力了。」

「……」

「回家吧。」他輕輕攬過獨自哭泣的西郡的肩膀。

十一歲的西郡點點頭。

三十四歲的他抱著十一歲的西郡肩膀，兩人撥開雜草下山。

身後唯有蒼茫的野草迎風搖曳。

第四章　大腦與戀愛

當天，上午九點——

小機幸子高舉著雙手，英姿颯爽地走在通往手術室的走廊上。唯有醫生中的佼佼者，才能得到腦外科執刀醫生的殊榮，而今天，就是她獲得這份殊榮的日子。

傳遞器械的護理師、外圍的護理師、麻醉醫師、臨床檢查技師、助手等人都在手術室裡等待主角上場。就是這個，就是這種快感。我不到場就什麼都無法開始，這種全世界都翹首等待明星主角登場的感覺，有點像是自己以前走進考場的感覺。當年她模擬考成績總是獨占鰲頭，在模擬考界算是小有名氣。因此總是在眾人艷羨的目光下，悠然自得地走進考場。小機故意吊胃口似地慢慢走，踩下踏板，打開手術室的門。

「讓各位久等了。」

護理師與助手都在。

「不是『讓各位久等了』，要說『請多多指教』！」

立刻吃了一頓排頭。才剛出馬就被身為助手的魔鬼教官——深山瑤子滅了威風。

「太慢了妳！刷個手是要拖拉多久？妳以為妳是誰呀，這可是連實習醫生都能勝任的手術！」

小機偷偷地「嘖」了一聲，不讓對方聽見。說得那麼白，自己的臉要往哪兒擱啊。她在心裡發牢騷，讓護理師為她戴上手套。

「那麼……接下來就開始進行慢性硬腦膜下出血引流手術。」

「還用妳說嗎。」小澤真凜反唇相譏，絲毫不給面子。她今天負責傳遞器械。

「快點，別讓病人久等。抱歉啊，橫畠太太。」

深山向七十三歲高齡，還有意識的橫畠八重道歉。硬腦膜下出血手術採局部麻醉。躺在手術蓋單底下的橫畠太太遊刃有餘地說：「啊，沒關係啦。慢慢來。」

「不好意思，今天是新手上陣。不過我會在旁邊盯著，請放心。」

「有困難的時候就應該互相幫助嘛。」橫畠對深山微笑。

這種從容不迫的氣氛打亂了小機的節奏。

「手術刀。」小機說道。

深山以低沉的聲線糾正她：「『請給我手術刀。』」

「……請給我手術刀。」

小機接過手術刀，總算切開皮膚。

「等一下。」深山阻止她繼續，「小機……妳也流了太多腋汗了。」

腋下確實溼漉漉的，在無菌衣上染出黝黑的水漬。再怎麼說，畢竟是第一次要在人類的頭上打洞，不緊張才有鬼。可是……小機又在心裡抱怨，犯不著戳穿這一點吧。

「怎麼了，沒問題吧？腋汗，什麼是腋汗？」橫畠太太也露出擔憂的表情。

「沒問題，腋汗就是從腋下流出的汗。」真凜解釋給她聽。

「喔，從腋下流出的汗啊。了解了解。」

「我剛才是跑步來的。」小機回嘴，小心翼翼地用手術刀切開五公分左右的皮膚。

「下刀更深一點，要切到骨頭，切面才不會凹凸不平。」深山朝她怒吼。

如果每次切的量不夠多，就得在同一個地方反覆切好幾刀才能把創口打開，所以最好一次就不偏不移地切到同樣的深度，然而一旦下刀，總免不了切得不夠深的問題。

話說回來……病人只有局部麻醉，意識還很清醒，深山就算要罵她，也該罵得小聲一點吧。

「對不起呀，橫畠太太。我會教她怎麼做，別擔心。」

「好的，深山醫生。既然有醫生的指導，我就放心了。」

深山已經和她建立起信賴關係，所以就算對執刀醫生破口大罵也沒關係嗎。

切開皮膚，再來是從頭蓋骨剝離皮膚的作業。

「剝離器……麻煩遞給我。」

剝離器全名為骨膜剝離器，先使用金屬製的刮刀削除骨膜，再用名為開創器的鉗子狀剝離器撐開傷口，讓頭蓋骨一覽無遺地露出來。接著，再以手動旋轉式的鑽頭鑿洞，用雙手轉動把手，前端就會跟著一起轉動，鑿出洞來。鑿到一定程度後，要先停下來檢查鑽的深度。因為要是一口氣鑿穿，可能會刺穿腦部，造成大腦損傷，那就太可怕了。小機其實是個膽小鬼，每轉二十圈就停下來檢查，再轉二十圈，再停下來檢查，如此週而復始。

太慢了。明知她一直停下來檢查、動作慢吞吞會讓深山非常不耐煩，但也不能因此就把腦部鑿穿。小機十分慎重，好不容易才打出一個洞來，用名為銳匙的小湯匙刮出殘留在鑿開洞口附近的少許骨頭碎屑。或許是小機早已掌握訣竅，也或許是好不容易結束鑽洞的壓力，小機取出骨頭碎片的動作過於輕佻。

這時如果是由技術不精的醫生處理，骨頭碎片會飛得到處都是，果不其然，其中一片好死不死地彈向深山的額頭。

「喂！」深山向後仰。

「怎麼啦？」小機一派悠閒地反問，差點沒把深山氣死。

「別讓骨頭亂噴，打到人很危險耶！」

「啊……對不起！」

耳邊傳來深山不耐煩的嘖舌聲。要不是病人只有局部麻醉，還有意識，深山肯定已經一腳踹過來了。小機早有耳聞深山踢人的技巧素有「十六文踢」之稱，但不曉得是什麼意思。

好不容易終於要切開包住血腫的外膜，因為已經進行到這個階段，小機掉以輕心地一刀刺進去，結果鮮血一發不可收拾地噴出來，還濺到小機臉上。

「哇啊啊啊！」小機忍不住尖叫。

「別出聲！」

「什麼，怎麼了？我不會死吧？」橫畠太太追問。

「啊，沒事沒事，別擔心。」深山邊安慰她，邊以充滿殺意的眼神瞪著小機。

慢性硬腦膜下出血，是因為外傷導致頭蓋骨內產生少量出血，經過一到兩個月慢慢地擴大，最後形成一個鼓脹的血腫。大腦原本妥妥貼貼地安放在頭蓋骨內，所以當頭蓋骨內出現新的血腫，想當然會提高內部的壓力，因此光是用手術刀稍微切開血腫的外膜，血就會噴出來。這個教科書當然有教過，只是真的看到像恐怖片那樣，鮮血在眼前飛濺的畫面時，她還是嚇得魂飛魄散。

「快點置入引流管。」

深山以彷彿從十八層地獄傳來的重低音做出指示。再拖拖拉拉下去，血腫會流出來，導致空氣進入頭蓋骨內，引起氣腦症。如此血腫便很容易復發，所以置入引流管填滿那個洞時，要盡量避免讓空氣跑進去。手術後得花上一整晚讓血腫從引流管排出來，所以要在頭蓋骨開著洞的情況下留置引流管。待血腫排乾淨，再用一種名為頭骨鑽孔蓋骨板的「蓋子」蓋住那個洞，把洞堵住。

「止血。」

小機好不容易冷靜下來，放好引流管，用有如巨大鑷子狀的雙極電刀為切開的頭皮等所有剖面止血。止血的原理是以電流燒灼出血點。

「直著拿，用前端夾住出血點，進行重點式的灼燒。燒的範圍不是面，而是點。」

「好……好……」

「好只要回答一次！」

「好。」

小機拚命完成眼前的作業，數不清自己到底應了幾次，總算縫合傷口，結束手術。

「結束了……」她已經累得不成人形了。

「橫畠太太，手術結束嘍！」到這時，深山才以爽朗的語氣說道。

「是嗎？謝謝你們，已經沒事了吧。」

「對，驚擾到妳了，真的很抱歉。」

「沒關係啦。她還年輕嘛，年輕人都是這樣的。」

小機感到如釋重負。還好橫畠太太是個好人。深山大概就是看在她好說話的份上，才讓小機執刀。

抬頭一看，深山正以蛇一般的眼神瞪著她，隨後便是批評得體無完膚的說教。

切開皮膚的技術很差、銳匙的使用方法簡直糟透了，每次有什麼突發狀況就驚慌失措地大喊大叫，這種人怎麼配當腦外科醫生。

她被整整訓斥了一個鐘頭。即使臉皮比城牆還厚的小機也招架不住。仔細想想，自從進入這家醫院工作，竟沒有一天不用挨罵。

話說回來，她為什麼要來這家醫院？

從小，她的成績一直是第一名。

國小三年級夏天，她曾對拿同考卷、抱頭哀號「只考了七十分」的同學說：「怎麼會這樣？明明都是寫在課本裡的題目啊。」結果遭到對方冷眼相待。從此以後，她就一路以第一名的成績過關斬將，考上國中直升高中的女校。在不用在意男生眼光的女校裡，因為隱形眼鏡戴不習慣，從此戴上鏡片厚如牛奶瓶底的眼鏡。偷偷描繪見不得光的BL同人漫畫也是在這個時候。

後來她從東都大學醫學系畢業，結束實習後被分派到這裡的腦外科。她之所以選擇這家醫院，無非是因為這裡的腦外科是東京都內的第一把交椅。

小機的人生沒有其他選項。一流的中學，一流的大學，一流的醫學系……父母都不是醫生，也沒有那種一聽就知道為什麼要從醫的熱血故事。像是小時候險些死於意外，虧得妙手回春的神醫救了一命；或是心愛的母親得了癌症，原本命不久矣，卻奇蹟似地獲救，至今仍活蹦亂跳……她之所以當醫生，只因為醫學系是最難、分數最高的科系。

她的身邊其實有很多這種人。讀完六年醫學系、完成兩年實習後，系主任建議她來腦外科，並為她引見東都綜合醫院腦神經外科部長今出川孝雄，部長是系主任的好朋友。

「我們家的腦外科，可是全日本難度最高的外科喔。」今出川大言不慚地說。

挑戰最高難度是小機與生俱來的天性。現在回想起來，今出川或許早已看穿她。其實當時小機原本已經決定要去其他科別了。她嫌棄實習時去的外科每天都要見血，內科又很無聊，既然如此，乾脆去當病理醫生，面對不會說話的細胞算了。

小機只是礙於系主任的面子跟他見面，正想著要用什麼理由拒絕他的時候，今出川不動聲色地說：「妳談過戀愛嗎？」

「啊？」

「戀愛啊，戀愛。我問妳談過戀愛嗎？」

「……沒有。」

為什麼要問這種問題，小機感到莫名其妙。今出川又補了一句：

「既然如此，那妳一定要來腦外科。腦就是心，人怎麼能不懂心……對吧？」

什麼「對吧」？小機一頭霧水。雖然不明白今出川的用意，但確實有如五雷轟頂，身體……不對，大腦彷彿有電流竄過，她便下定決心去腦外科了。以這種方式決定要做什麼，還是有生以來頭一遭。

仔細想想，挑戰最高學府的最高科系中最高難度的腦外科，是再適合自己不過的職場了。小機換個角度說服自己，於三個月前進入東都綜合醫院腦神經外科，從此以後再也聽不到一句讚美。明明過去二十六年，都是從讚美聲中走來……

「真難得，沒想到妳也會情緒低落啊。」

小機邊走邊心不在焉地盯著病歷表。

唯有這種時候，真凜會特別敏感地湊過來調侃她。

「怎麼啦，被深山醫生罵啦？這不是常有的事嗎？我幾乎只看過妳挨罵的模樣。」

「別把我跟沒有壓力的護理師相提並論。」

「就妳沒資格說別人沒有壓力……所以呢，到底怎麼了？」

小機掐頭去尾地向真凜坦承自己在腦外科的煩惱。她雖然自尊心比天還高，但著實已處於狗急跳牆的心理狀態了。

「我適合腦外科嗎？雖然我確實很有潛力。」

「……少臭美了，妳根本不適合。」

「喂，妳也太直接了……」

「話說回來，妳的目標原本不是當病理醫生嗎？」

病理醫生的工作是用顯微鏡等儀器分析經由手術切下來的病變部位，找出更確切的病因。換句話說，二十四小時都要對著細胞，與其說是醫生，更接近學者。

「病理醫生不是整天都要盯顯微鏡嗎？妳為什麼想當病理醫生？」

「臨床醫生都要面對活生生的病人，不是很辛苦嗎？病理醫生只需要研究細胞，觀察切除的病變部位，判斷是什麼病……很有效率耶。」

「效率？」

「我啊，這輩子如果不能合理且有效率地面對每件事，就會覺得渾身不對勁。」

「是喔，虧妳這樣還能當醫生。」真凜一臉拿她沒轍。

「因為我聰明絕頂嘛，不費吹灰之力考上偏差值最高的科系，剛好那是東都大學醫學系，如此而已。」

「然後就來腦外科嗎？」

「沒錯。因為部長遊說我說東都的腦外科是最好的，還說我這種人去當病理醫生太可惜了，說得天花亂墜。」

「……就這樣？」

「什麼？」

「就只有這個原因？只因為腦外科是最好的？」

小機無言以對。

「妳談過戀愛嗎？」

打死她也說不出口是被這句話引上鉤的。她也搞不懂自己為什麼會被這句話迷惑。小機最討厭無法理解的事物。既然如此，乾脆問真凜「戀愛」是怎麼回事好了，只可惜自尊心不允許她向年紀比自己小的人打聽「戀愛八卦」。

小機連忙岔開話題：「嗯，對呀。因為我從出生到現在一直是第一名，命中注定我終究要來腦外科工作。而且我也下定決心要成為這裡的第一名，可是這裡有太多怪獸級的醫生了，擋住我主角的光環。」

「妳這傢伙……總有一天會遭天譴的，總有一天。」

「天譴，為什麼？Why？因為我長得漂亮嗎？」

「妳最好對人類的『心』再多一點了解喔。了解心就等於了解腦。」

「心，心在哪裡？妳是指意識嗎？那玩意兒說穿了不過是突觸的電流訊號吧。」

「啊……」真凜低吟，望向小機背後。

小機也下意識把視線從真凜臉上移向後方，就在這時，眼前有個棒狀物揮下來，痛歐她的腦袋。

眼前當真有火花飛濺，天譴也來得太快了。她眼前一黑，腦中一片空白，隨即失去意識。

「啊，睜開眼睛了。」

低頭探視的真凜、深山以及西郡琢磨三人的臉，出現在小機的視線範圍裡。

「嗯，妳腦震盪了。我覺得應該不要緊，但還是幫妳拍了電腦斷層掃描。」

「咦？呃……我……」怎麼了？

小機正打算坐起來，被真凜按回床上。

「啊，躺著別動。妳被病人用拐杖打了。」

「什麼！咦？這是什麼？」鼻孔還塞著衛生紙。

「妳昏倒的時候，臉撞到牆，流鼻血了，暫時還不要動喔。」

有幾個藥廠業務代表站在遠處，目不轉睛地看著小機。

「他們是＊＊製藥的人。啊，這位是最近才剛來報到的新人，小機醫生。」聽完深山的介紹，那群人齊聲向小機低頭打招呼：「請多多指教。」

為什麼偏偏要擠在這個時候？小機一面分心感受鼻孔裡的面紙，尷尬地回禮。

「正好，這個病人就由妳負責吧。」

「什麼？」

「半邊忽略現象的患者。無法辨識左半邊的空間，揮舞拐杖的時候打到妳了。」

半邊忽略現象指的是因腦中風等疾病，引起腦有部分損傷的症狀。如果損傷的是自己的右腦，將無法辨識左側空間；如果損傷的是左腦，則無法辨識右側空間。至於「無法辨識」空間，並不等於「看不見」。硬要說的話，是明明看見了，大腦卻無法辨識。患者只是無法辨認左半邊或右半邊，日常對話倒沒有太大的問題。這種症狀非常特殊，但在腦外科並不算罕見。

這個病人不知怎的，正要揮杖毆打陪在他身邊的太太，毫無章法地揮舞拐杖時，剛好打到前面的小機，只能說是無妄之災。

前川洋三從床上坐起來，魂不守舍地望著眼前的白牆。以他的年齡算是髮量豐盈的銀絲全部往後梳，高高揚起的粗眉讓人感受到他頑固的意志。除了麻痺的左手臂一動也不動地落在床單上，精悍的程度看起來一點都不像是病人。

有個瘦弱的女人無精打采地坐在一旁，凝視著前川，看上去應該是他的妻子。或許是因為心力交瘁，看起來竟比前川還老。

「喂，我要喝飲料。」前川粗聲粗氣地對妻子說。

然而，前川左側、床邊的桌子上就放著好幾罐保特瓶裝茶。

「茶就在那裡，在你的左手邊……」

「少騙人了，快給我水喝。」

「……」女人一臉不想再與世界爭辯似的，拿起其中一瓶茶，遞給他。

前川一言不發地喝起來。

「前川洋三先生，七十六歲。上個月因右腦的動靜脈畸形引發腦出血，被救護車送來醫院。進行切除動靜脈畸形及血腫的手術後，留下左手臂麻痺的後遺症，目前正在復健。」小機站在單人病房門口打量前川，真凜解釋道，「也就是由右腦損傷所引起的左半邊忽略現象。所以前川先生剛才是為了趕走他太太，不小心打到站在左邊的妳。」

「是喔。」小機摸了摸頭上的包。

「啊，我先提醒妳，前川先生無法理解剛才發生的事，所以妳也不要翻舊帳喔。」

真凜說完，走向前川的病床。

「妳是要我當沒發生過嗎？這怎麼可以……」

小機心有未甘地念念有詞，也跟了上去。

「前川先生，打擾一下。感覺如何？胃口有沒有好一點？」

前川看了真凜一眼，視線移到後方的小機身上。

「啊，這位是新來的小機醫生。未來如果有什麼事，都可以跟小機醫生說。」

「請多多指教。剛才真是謝謝你了。」小機夾槍帶棍地說，被真凜瞪了一眼，連忙擠出笑容，對前川說，「前川先生，左手的感覺如何？完全動不了嗎？」

這問法實在過於單刀直入，嚇得真凜捏了把冷汗。

下一秒鐘，前川口中冒出令人跌破眼鏡的答案：「醫生……」

「什麼事？」

「這個……不是我的手臂喔。」前川邊說，邊看著自己的左手。

「呃……我不懂你的意思。」

「這個……不是我的手臂。」

小機呆若木雞地愣在當場，不曉得他在說什麼。

「這是所謂的異手症呢。」

會議室裡，醫生們討論著患者的治療方法。深山站在白板前說明，小機一本正經地抄筆記，真凜也加入抄寫的行列。

「前川先生的左手臂因為ＡＶＭ，也就是動靜脈畸形所引發的腦出血後遺症已經完全麻痺，而且手術後的ＡＶＭ又復發了。摘除ＡＶＭ再復發本身並不是一件稀奇的事，只是演變成當事人的腦子無法理解左上肢麻痺的事實，認為那是別人的手臂，也就是所謂的『異手症』。」

「換句話說，他認為自己的左臂不是自己的手嗎？」

「沒錯。大腦遇事一定會追求邏輯性，會想要『理由』。自己面前有條手臂，而且還不會動。但本人卻連發生腦出血的記憶及因此導致麻痺、動彈不得的狀態也無法理解，這時大腦就會擅自認定那條手臂不是自己的。」

小機一臉呆滯地聆聽，真凜毫不留情地補上一箭：

「妳這個書呆子不可能不知道這種病吧？」

「知道是知道……可是我看ＭＲＩ一點問題也沒有，除了左手以外，對話也非常正常，沒想到他會無法理解。」

深山與真凜面面相覷，噗哧一笑。

「既然如此，請妳盡快讓前川先生理解現狀，接受那條左臂是自己的事實。」

「小事一樁。」小機自信滿滿地回答。

「除此之外，我建議動手術切除前川先生右頂葉復發的ＡＶＭ。手術同意書也麻煩妳了。」

「了解！包在我身上。」小機拍胸脯保證。

深山心想，小機的言行舉止總是隱隱透露出一股昭和氣息。

「深山醫生為什麼會離婚呢？」

「啊？妳沒頭沒腦在問什麼。」

小機暫時忘記前川的事，思考著何謂「戀愛」。

「黑岩醫生終究只是在遊戲人間不是嗎？西郡醫生也意外地不太擅長應付女人……」

真凜也露出若有所思的表情。

「有道理，神之手們的私生活其實意外地不堪回首呢。」

「是不是，沒想到大家這麼笨拙。換言之，大家其實都是笨蛋吧？」

「妳這傢伙……再怎麼天不怕、地不怕，也該有個限度吧……」

「不，妳聽我說嘛，根據我的定義，所謂的聰明人是能掌握一切的人。人類有所謂的理性對吧？沒有什麼是人類的理性不能控制的。說穿了，控制不了就表示還不夠理性喔。」

真凜一臉被她打敗的表情說：「一切皆由大腦支配，這個論調在某方面或許沒錯，可是在另一方面或許從根本上就錯了。」

「怎麼？瞧妳說得宛如真理。」

「大腦很容易混淆、誤會、產生錯覺，可見大腦只能控制身體的一小部分。如果妳要在腦外科混下去，最好記住這點喔。」

「慢著，我完全聽不懂妳在說什麼。」

一起走向病房的真凜將空白的手術同意書交給小機。「既然如此，那就讓我見識一下妳的本事。妳能控制住場面吧，那就請對方簽下這個。」

「這有什麼問題。」

這傢伙，講話一定要這麼充滿自信嗎？

真凜內心充滿疑問，但已經走到前川的病房前。

「前川先生，我檢查一下你的狀態喔。」小機以活潑的語氣對前川說。

對付這種難以取悅的病人，重點在於要盡可能開朗，將身為女孩子的優勢發揮到淋漓盡致。這是她在兩年的實習生活中學習到的心得。

「喔，好啊。」

看樣子他的心情還不錯，現在或許是個好機會。陪他住院的太太正在泡茶，前川則看著用英文寫的理財書。

「咦？這是基金期刊呢。」

小機不假思索地念出用英文寫的書名，前川驚訝地看著她。英文對小機而言無異於探囊取物。她面向同樣一臉驚訝的真凜，志得意滿地開懷一笑。邊從前川瞳孔及眼球的轉動方式，開始檢查神經學上的反應，邊聊出原來他是一家投資基金的老闆，以海外的投資為主。小機很滿意自己的機智，認為好的開始是成功的一半。

「是喔，你經營投資基金啊。」

「對呀，所以經常要在國外飛來飛去……」

「開曼群島嗎？」

小機的追問又讓前川大吃一驚。「您好了解啊。」

雖說是醫生，但小機的年紀比他小太多了，說話還能這麼有禮貌，讓前川看起來更有紳士風度。

「因為我有個同學在哈佛拿到工商管理碩士學位。啊，是我大學時代的同學。她成立了基金。」

「同學？」

「嗯，我們同樣都是東都大學的學生，但她是經濟系。因為東都大學沒幾個女生，所以很容易互相認識。」

「醫生不僅長得漂亮，還是從東都大學畢業，真了不起呀。」

「還好啦。大家都這麼說，但我其實沒怎麼用功讀書喔，呵呵呵。」

真凜毫不掩飾臉上鄙夷的表情，檢查著前川的血壓及血氧飽合度。

「您肯定是很優秀的醫生吧。」

「前川先生也是啊，看起來知識水準非常高的樣子。」

「還知識水準咧……」真凜小聲地犯嘀咕，但小機並沒有聽見。

「既然如此……」

小機一股腦兒傾身向前，前川一臉問號。

「問你一個問題，這條左手臂是誰的手呢？」小機摸摸前川的左手臂。

前川一愣，默不作聲。

「手臂剛失去知覺時，可能讓你很混亂。可是你現在應該已經明白自己的狀況了。」

「那當然。我在＊月＊日晚上八點二十三分因為腦出血被送到東都綜合醫院，接受手術，加上後來努力復健的結果，麻痺的左上半身正逐漸好轉中。」

真凜也一臉驚詫。他完全知道自己目前是什麼狀況，莫非是痊癒了嗎？

「說得好。那麼請恕我再問一遍，這條手臂是誰的手？」

前川又保持沉默。

「是誰的手呢？」

前川低下頭，瞥了旁邊的太太純子一眼。

小機刻意對上他的視線，似是要催他回答。

前川低著頭，低聲細語地說：「……我不想說。」

「什麼？」

「我不想……在這裡說。」

純子顯然也察覺到什麼，低頭不語。

「不想在這裡說……這跟在哪裡說有什麼關係。這是前川先生的左手臂，對吧？你明白嗎？」

「……不明白。」出其不意的否定。前川以不可置信的表情接著說：「醫生，您在說什麼？」

「咦？」

「總而言之，我不想在這裡說。」前川苦著一張臉回答。小機聽得一頭霧水。

純子也以非常悲傷的眼神看著丈夫。

小機重新打起精神，苦口婆心地解釋：「聽我說，前川先生，這是你的左手臂。可是啊，前川先生因為長在顱內的腦動靜脈畸形復發，所以誤以為這是別人的手。可是啊，別擔心，只要開刀切除病灶，就不會再出現幻覺了。手術本身也不困難，所以我們動手術吧。」

「不要。」

「為什麼？……幻覺會消失喔。更重要的是，要是放著不管，病灶會變得愈來愈大，陷入危險狀態。所以還是動手術吧。」

「我不！」前川握緊拳頭，激動得全身發抖，抵死不從。

饒是小機也一下子反應不過來。

「別激動，總而言之，先去做ＭＲＩ吧。」

一陣沉默之後，真凜以故作開朗的語氣打圓場。

真凜推輪椅送前川去做ＭＲＩ的途中，小機一直遊說：

「所以說，這是前川先生麻痺的左手臂，除此之外不可能是別的東西吧。懂了嗎？」

真凜嘆氣，心想這個女人難道只會橫衝直撞地一直線往前撞嗎？

她拉了拉小機的袖子。

「幹嘛啦？」小機一臉茫然，小聲地訓示真凜。

「還問我幹嘛。教科書沒有教妳，這是右腦發生障礙的人經常會出現的現象嗎？」

真凜壓低聲線說，小心不讓前川聽見。

「可是如果提到別的事，他的思緒明明就很清楚……」

「這就是右腦的障礙，不准責備患者，懂嗎？」

小機心不甘、情不願地閉上嘴。理智其實都理解，只是面對口條如此清晰的前川，情感上還是無法接受。

磁振造影的結果顯示復發的AVM又長大了，這也是前川出現幻覺的原因。方法只有動手術切除一途，但前川完全無法理解現狀，認為自己的左手臂是別人的「主觀認定」與「幻覺」，且一天比一天嚴重。

「可是他認定自己的手臂不是自己的，希望能消除這個現象，所以只要告訴他動手術就可以切除，或許就能拿到手術同意書了。」

午餐時間十分寶貴，為了不想浪費時間，小機無奈地咬下與真凜在便利商店買的三明治。

「那對夫妻似乎有什麼隱情。」真凜說道。

「夫妻？喔，妳是說他和他太太啊？有什麼問題嗎？」

小機想起坐在前川身旁，瘦瘦小小，表情十分陰鬱的純子。她的穿著打扮也很樸素。前川雖然病倒了，真要說的話其實看起來豁達又神采奕奕。兩人相比，簡直是兩種完全不同的類型。說得好聽點是名賢內助，在丈夫背後默默支持熱愛社交的他，說得難聽一點就是死氣沉沉的老婆。

「嗯，他們好像處得不太好。上次啊，我幫隔壁病房換床墊的時候……」

根據真凜的第一手情報，前川的妻子表面上總對前川言聽計從，卻刻意將他喝水的杯子或老花眼鏡等物品放在他剛好搆不到的床邊桌上。因為不是一伸手就能拿到的地方，前川只好移動不聽使喚的身體去拿。這對他而言其實是很麻煩的事。套用真凜的形容，純子感覺是利用這種方式在報復前川。

「我還沒看過他們有說有笑地聊天，這種夫妻其實並不少見。每次前川先生交代『喂，我要喝茶』或『喂，我要看報』，前川太太都會馬上拿來沒錯，可是啊，她會故意放在丈夫剛好拿不到的地方，然後任憑前川先生喊破喉嚨，她都假裝沒聽見。老公的身體一出現問題，日積月累的怨恨就爆發了，女人真可怕！」

「哇……好陰險！」

「所謂的夫妻，在一起太久就會變成那樣喔。因為前川先牛很大男人主義，前川太太太大概是壓抑太久了吧。」

「嗯哼，這樣啊……」

「妳有跟男人同居過嗎？」

天外飛來一筆的問題，害小機差點噴出口中的抹茶豆漿。

「沒、沒有啊。」

「咦？妳幹麼突然臉紅？」

「我才沒有，誰教妳要突然問我怪問題。」

真凜目光炯炯地注視六神無主的小機。

「怎樣啦，難道妳有嗎？」

「有啊，前後三次。」

「三次！……欸，是喔。」

聽見小機的反應，真凜笑得一肚子壞水。「我知道了，妳沒什麼經驗吧？」

這次小機真的把豆漿噴出來了。

「哇！好髒啊妳。」

「誰說我沒有。不就是經驗嗎，我有啊，當然有。」

真凜嗤之以鼻地冷笑著說：「好好好，不用逞強。妳把時間都花在讀書上，沒空交男朋友吧，我明白，我明白。」

小機不甘示弱地回嘴：「才怪，我真的有啦！那是在國二的夏天……」

話才說到一半就被真凜打斷。她站了起來。「開始下午的巡房吧。」

說完便自顧自地往前走。

小機連忙跟上，腦海中不經意地閃過今出川那句話：

「妳談過戀愛嗎？」

「還是只能靠他太太了，畢竟前川太太明白他的現狀。」

真凜認為說服前川的妻子，讓她在手術同意書上簽名才是最好的解決之道。

「是這樣沒錯，反正橫豎都需要妻子的同意書……」

「重點在於要先跟前川太太說清楚，與她取得這方面的共識。好好幹啊妳。」

「嗯……話說妳的態度也太囂張了……」

不好在前川在場的情況下說服太太純子，於是真凜將她帶到病房外的走廊上。純子踩著沉重的腳步，跟隨真凜走出病房。

她似乎已經得知手術同意書的事，臉上愁雲密布，大概是想到要說服大男人主義的丈夫就覺得心情沉重吧，但是又不能逃避。

「是關於同意書的事嗎？」純子主動開口。

「不好意思，妳猜得沒錯。因為前川先生一直是那個樣子……但那是幻覺造成的問題也沒辦法。所以能不能請夫人說服他動手術呢？手術比上次的簡單，只要動了手術，幻覺也會消失。」

純子一臉陰鬱地反問：「只要動了手術，幻覺就會消失嗎？」

「那當然，因為會切除造成幻覺的腦動靜脈畸形。」

「這樣啊……」不知是何緣故，純子的表情更憂鬱了，還嘆了一口氣。

有什麼問題嗎？小機還沒來得及反應過來，純子就說：「我也沒辦法簽同意書。」

「咦……請問這是為什麼？前川太太也反對動手術嗎？」

「沒錯。」純子點頭。

「不是，那個……我明白妳害怕的理由，因為是頭部的手術，可是本院的腦外科是日本最高的水準。如同我說明過的，並不是什麼太困難的手術——」

純子打斷小機的話：「我拒絕。」

她的語氣強硬到出乎意料，總是低垂的頭也倏地抬起來，露出挑釁的表情。

小機不由得與真凜大眼瞪小眼，真凜也嚇了一跳。

「呃，那個……」

「我不希望他動手術。」純子直視小機的雙眼，毅然決然地斷言。

「為什麼？」

純子停頓了半晌才說：「那個人……愛上別人了。」

「什麼？」真凜也忍不住驚呼。

「愛上別人了？」

彷彿再也控制不住壓抑已久的情緒，純子放聲吶喊：「他愛上……自己的左手臂了！」

真凜與小機同時陷入沉默，茫然佇立。

純子離開後，病房裡只剩下被拉簾隔開的病床、床頭櫃與電視機，可是前川感覺很滿意，因為有名年輕女子正坐在病床的中央左側。

女子穿著藍底洋裝，上頭飛舞著無數水藍色蝴蝶，雙腿晃來晃去地坐在床緣，腳底踩著鬆開腳踝綁帶的白色涼鞋，朝前川回眸一笑。精緻的臉龐浮現出惡作劇般的微笑，十分迷人。

前川愛上她了。前川以前在廣告公司當業務員，工作得有聲有色，但不管是公司同事，還是在接待客戶的場合，前川身邊多半是打扮得花枝招展的女人。他與這些女人「逢場作戲」過無數次，也從不懷疑受女人歡迎也是一種實力。然而從第一線職場退下來之後，等他反應過來，已垂垂老矣。最近連腰腿都使不上力，甚至還搞到腦出血住院。

我的人生差不多也要畫下句點了。在不知如何排遣的寂寥中，突然出現一名年輕女子，心湖不可能沒有起半點漣漪。那種感覺與其說是愛情，更接近鄉愁。年輕女人始終陪在他身邊，他感覺彷彿變回以前那個呼風喚雨的自己。

不能讓這個女人離開自己。

前川一言不發地將女人的手臂擁入懷中。

就是這個，就是這種觸感。這就是還活著的觸感……

認為自己的手臂是女人?!

「這種事有可能發生嗎？」小機好不容易找到在護理站看電子病歷的深山，上氣不接下氣地說明整件事的經過。

「將麻痺的手臂擬人化並非不可能，還有人給麻痺的手臂取過『派不上用場的小嬰兒』這種莫名其妙的綽號。」深山稀鬆平常地回答，視線從未離開過電腦。

「可是再怎麼說，這也太荒唐了吧。」

「外國的文獻也有案例是把麻痺的左半身視為妖艷的陪睡女郎，愛上對方。」

「那我該怎麼辦才好？」

「所以前川太太才會生氣，不肯簽同意書啊。」真凜從旁邊插進來說。

「妳問我該怎麼辦才好？」深山站起來，這才第一次正眼瞧小機，「如果妳不想貼上『連一張手術同意書都拿不到的沒用新人』這種白癡標籤，就給我自己想辦法。」

深山向一旁的護理師指示要給住院患者用的藥，之後便頭也不回地離開。

「深山醫生說得真好啊。」真凜讚不絕口。

「我說妳呀……現在可不是佩服的時候。」小機氣急敗壞地說。

「可是啊，現在也只能由妳去說服前川太太了。萬一要變更手術日期，可是會變成大問題喔。」

「會嗎？」

「當然會啊。手術室的排程規畫得很緊湊，只要稍有變動，其他的行程也要跟著變動才行。更重要的是會惹惱黑岩醫生。」

「黑岩醫生？」

「沒錯。那個人真的非常討厭自己的手術日期被調動，過去還有派不上用場的新人因此被炒魷魚。」

「好可怕！」

「加油，這件事牽涉到妳的飯碗喔。」

小機想起純子那張死氣沉沉的臉，心情也變得悶悶不樂。

純子回到病房，正在削蘋果。

前川撐起上半身坐在床上，心不在焉地凝視著半空中。

純子把切成小塊的蘋果放在盤子裡，插上一枝牙籤，放在床邊的桌子上。

「那我先走了……」

「再給我一枝。」

「什麼？」

前川指著牙籤說：「再給我一枝牙籤。」

前川略微飄移的視線前方，是麻痺的左手臂。他的眼裡大概只看到年輕女子想吃蘋果的表情吧。純子洞悉一切，從盒子裡再拿出一枝牙籤，放在盤子上。

「請慢用。」她咬牙切齒地丟下這句話，起身拉開隔簾，走出病房。

小機迎面而來，純子視若無睹地加快腳步一路往前走。

「啊，前川太太。」小機連忙追上來，但純子完全不打算停下腳步。

「前川太太，前川太太，請留步……」

純子不理她，臉色難看得有如厲鬼。

「關於妳先生的手術同意書……」

純子倏地停下腳步，轉身面向小機，勃然大怒。「開什麼玩笑！他既然那麼喜歡那個『女人』，就永遠跟她在一起好了。不動手術也沒關係吧。」

雖然被她的大嗓門嚇到，小機仍試圖把純子藏在身後，避開護理師們好奇的眼神。她背對純子，小聲地說：

「別激動，請妳先冷靜下來。那是妳先生的妄想症，妳怎麼還當真了呢。」

「妄想就不氣人嗎？我可是為那個人犧牲奉獻了五十年喔，真的是吃盡苦頭！那傢伙只會花天酒地，我不知為此流了多少眼淚……妳懂嗎？」

「我懂。」小機不僅在臉上堆出心領神會的表情，還煞有其事地猛點頭。

「妳懂什麼？說來聽聽！」

「我騙妳的，我什麼都不懂。」

這句話聽在純子耳中無疑是火上澆油。她打開話匣子，不滿如水銀瀉地。

「這次昏倒還出動救護車，搞得人仰馬翻不說，還以為好不容易穩定下來了，居然又愛上別的女人……」

「聽我說，那是他的手臂，那只是他的左手臂。」

「問題不在這裡！問題是我在那個人眼中，就只是傭人而已！」

「這麼說也太誇張了⋯⋯」

「誇張？醫生，妳結婚了嗎？」

「還沒。」

「難怪妳不懂這種不甘心的感覺。」

「呃，可是——」

純子打斷：「那妳有男朋友嗎？」

「也沒有。」

「是喔⋯⋯」

純子頓時恢復冷靜的表情，彷彿她問了不該問的問題。

這反而深深刺傷了小機的自尊心。

「其實有很多人追過我，只是都被我拒絕了。工作就是我的男朋友。」

這番話又讓純子心裡的怒火死灰復燃，她再度大聲起來：

「總而言之，我絕不簽同意書，他最好一輩子都癡戀著得不到的左手。告辭！」

電梯門在緊追在後的小機面前倏地關上。

小機回到辦公室，向深山報告。

「所以呢？妳打算怎麼做？」

「唉，我已經拿他們沒轍了，舉雙手雙腳投降。事情演變成這樣根本無解，沒救了。」

「我問妳要怎麼進攻。」

「我不進攻啊，因為進攻也沒用。」

深山的臉色變了。

「沒用？所以妳要袖手旁觀嗎？萬一AVM再度破裂，前川先生會死喔。」

「可是我已經束手無策了，可以拜託深山醫生來解開這個打不開的死結嗎？醫生離過一次婚，應該很擅長處理這種剪不斷、理還亂的關係吧。」

深山「啪」一聲把手裡的文件摔到桌上，她的怒吼聲頓時傳遍整間辦公室。聲如洪鐘的說教長達三十分鐘。「在妳拿到同意書以前別想做別的工作，反正妳也做不好。」撂下這句話後，便命令小機整理好所有住院病人狀態的評量表。一人份的評量表大概要花上十分鐘，四十七人份的評量表簡直要整理到天荒地老。

「死定了，我說太多實話了……」小機獨自在空無一人的房間裡寫評量表。

這時今出川走進來。「辛苦妳了。」

也不知這句話是指她拿不到同意書，還是她被深山罵的事，或者以上皆是，總之今出川溫柔地安慰她，還放下一杯咖啡。部長相貌堂堂，瀟灑得有如髮廊海報上的帥氣男模。雖然大家私底下都說他徒有一張臉，沒有內涵，但論溫柔倒是真的溫柔。只不過，溫柔與優柔寡斷只有毫釐之差就是了。

「那個……部長，我想請教你一件事……」

趁著四下無人，小機鼓起勇氣問今出川邀請她來腦外科的時候，為什麼要問她「有沒有談過戀愛？」

今出川莞爾一笑。「妳知道對大腦來說，最重要的是什麼嗎？」

「最重要的……像是腦部的鍛鍊嗎？」

今出川搖搖頭。「是對別人的同理心。唯有在旁邊還有其他人的情況下，大腦才會發揮最大的功效。對別人的同理心……其中最顯而易見的莫過於愛情吧？」

小機聽得一頭霧水。

「我希望妳也能體會想跟別人建立關係的力量。」

今出川言盡於此，爽朗地大笑著走出房間。小機依舊摸不著頭腦，邊寫評量表邊思考這句話的意思。不知不覺間，東方的天空開始泛出魚肚白。

隔天，上午六點十分——

小機在辦公室的沙發上睡著了。與其說是「睡著」，「昏迷」或許更貼切。她睡到嘴巴半開，還發出細微的鼾聲。突然有罐冰涼的咖啡貼上她的臉頰。

「噫！」小機一躍而起。原來是深山。

「妳在這裡睡覺是沒問題，但是不要流口水。」

「嗯?!」小機連忙用手肘擦拭自己臉頰剛才靠的地方。

深山轉開精力飲料的瓶蓋，手扠著腰，一口氣喝光，不偏不倚地將空瓶射進垃圾桶。隨後拍了拍自己的臉頰說：「好了，工作工作。」便去急診室會診。

她是昭和時代的人嗎，是泡沫經濟時代的工蜂嗎？小機望著她的背影心想。

小機先來到腦外科病房大樓的會議室進行交接，掌握住院病人的狀態後，才揭開一天的序幕。據西郡說，昨天一共有三名患者出院、兩名患者換到復健病房、六名在ＩＣＵ加護病房、三名在ＨＣＵ高度照護病房、一名從門診改住院的新病號、一名被救護車送來的病患，再加上原本就有的住院病人，總計超過四十人住院。

小機跟在西郡背後，逐一與病人交談，詢問他們的狀態，每位病人的時間從一分鐘到三分鐘不等。即使扣掉ＩＣＵ及病情嚴重到無法說話的患者，也需要相當多時間。這是為了讓腦外科的全體醫護人員都能掌握住院病人的狀態，但是對初來乍到的小機而言，仍是相當繁重的作業。

之所以這麼說，是因為住進腦外科的病人只有兩種，分別是正等著動手術或術後狀態比較好的患者，以及即使已經住院，卻因年紀太大等原因無法動手術的患者。這類病患接受完內科的治療後，便等著轉去該去的醫院，也就是已經回天乏術的重症患者。

看到這些病人即使處於現在的狀況，仍不放棄希望之火，小機就對明明可以動手術卻無動於衷的前川感到怒不可遏。

巡過所有的病房一輪，在電子病歷上記下西郡請護理師投藥的指示後，小機馬上去找前川。真凜說他在中庭曬太陽，這可是促膝長談再好不過的場所了。

前川坐在中庭的長椅上發呆，小機在他旁邊坐下，努力以輕鬆的語氣告訴他，自己已從純子口中得知他「愛上自己左手臂」的事。

「這樣啊……內人告訴妳啦……」

看樣子，他今天的情緒比較平靜，臉上露出泰然自若的微笑。

小機認為機不可失。「沒錯，你現在的狀態明顯很奇怪吧。」

前川慢條斯理地思考，再慢條斯理地回答：「確實很奇怪……」

前川望向自己的左手臂。小機抓住這一刻，一股腦地說：「對呀，你終於懂啦！」

「我也從以前就覺得很奇怪。」

「太好了！那麼事不宜遲，立刻告訴尊夫人你也覺得很奇怪吧！尊夫人為此傷透了腦筋。」

「她果然很煩惱啊，應該跟她說清楚對吧。」

「這不是廢話嗎，廢到我都無話可說了。」

「好吧……」

「太好了！這麼一來，問題就解決了。」

「我會找時間跟她講清楚。」

「現在就打電話給尊夫人吧，幸好我問了她的手機號碼以備不時之需。」

小機拿出ＰＨＳ，按下儲存在聯絡簿裡的電話號碼，手機那頭響起來電答鈴。

「正所謂打鐵要趁熱。喂，妳好，我是東都綜合醫院的小機。剛才啊，前川先生說他自己也覺得很奇怪，所以有話想跟妳說，我換他聽喔。」

小機把ＰＨＳ交給前川。「給你，請毫無保留地告訴她。」

前川吸了一口氣，接過電話。「喂，是我。」

「喂。」純子的聲音微微從手機裡傳出來。

「對妳實在很難以啟齒……」

「像個男人，放心大膽地說吧！」小機的吆喝從背後推了他一把。

前川開口：「我想跟妳離婚，和這個人在一起。」

「說得太好了，真有男子氣概！……咦？等一下！」

小機從ＰＨＳ通話器的無數個孔洞裡，聽見純子一口氣噎住的聲音。

「妳是白癡嗎！」果不其然，深山暴跳如雷。

「在妳的慫恿下決定要離婚？這是什麼莫名其妙的展開！」

「再來好像要跟『手臂』再婚……」

「那真是恭喜你們啊，紅包包個三萬圓好了……關我屁事！」

護理師都抱著肚子竊笑不已，笑得最大聲的莫過於真凜。

「總之妳給我聽好了，這是妳的責任。除非拿到同意書，否則別想進辦公室！」

「可是……這是醫生的工作嗎？」

「那當然。傾聽患者的心聲，設身處地為患者著想是醫生最重要的工作！」

小機被堵得說不出話來。

小機坐在自動販賣機前，喝著紙杯裡的咖啡。治療住院病人、檢查點滴及內服藥、整理文件，一輪作業下來，時間一晃眼就過去了。對菜鳥外科醫生而言，頂多只有三分鐘的休息時間。

「我說妳呀，別假裝喝咖啡來殺時間，快點去找前川先生。」真凜走了過來。

小機嘆了一口大氣。

「我上輩子到底造了什麼孽，得去說服愛上自己左手臂的老頭動手術……」

「這就是腦外科的工作。」

「早知道就不來了。」

「快去。」真凜推了推小機的背，活像趕羊的牧羊犬。

前川坐在輪椅上，待在會客室視野開闊的窗邊，無限愛憐地摩挲著左手臂。在他的腦子裡，那條手臂大概已經完全變成年輕少女了。小機的目光直勾勾地盯著他瞧，彷彿在看什麼髒東西。真凜從背後推了一把，害她整個人撲到前川跟前，只見前川慌張地放開左手臂。

「啊，不好意思，我居然在大庭廣眾下做這種事……」

「沒關係，沒關係，我也來陪你。」小機故意摩挲自己的手臂，她已經自暴自棄了。

「因為這只是『手臂』。」

「嗯，這不是廢話嗎？」

在前川的認知裡，小機的手臂確實只是條普通的手臂，只有自己的手臂才會變成女人。他的反應讓小機心浮氣躁。

「所以說……前川先生做的事其實跟我一樣喔。」

只換來前川一臉費解。真凜趕緊附在小機耳邊提醒她：

「妳是白癡嗎妳。說再多大道理都沒用，妳還沒學乖嗎？」

小機也小聲地回嘴：「那我到底該怎麼辦才好？」

「傾聽患者說話是醫生的第一要務吧。」

小機又看了無限愛憐地摩挲著手臂的前川一眼，繼續壓低聲線問真凜：

「妳是要我陪他演戲嗎？」

「別說是『演戲』！」

小機膽戰心驚地問前川：「請問……『那位小姐』有名字嗎？」

「嗯？這不是廢話嗎，她叫山本敦子。」

「是嗎，這名字真好聽。」真凜以誇張的態度附和，小機也順勢接下去：

「所以你到底是愛上這位敦子小姐的哪裡？」

「哪裡？」

「嗯，是她那有如手臂般凹凸不平的曲線嗎？」

真凜一掌拍在小機的腦袋上，但前川對她的調侃不以為意，想了一下，正經八百地反問：「醫生喜歡什麼樣的人？」

「我嗎？我想想看喔，當然是要有相同的價值觀、學歷不能太差、賺得比我多、五官端正的美男子，以明星來比喻的話，像是宅間伸那樣——」

「人家沒問妳這麼多。」真凜阻止她再說下去，面向前川說：「這不重要，前川先生喜歡她什麼地方呢？」

「這個嘛……無法用一句話來形容。」前川微笑回答。

「我想也是，畢竟只是條手臂嘛。」

小機的腦門又挨了真凜一掌，但前川不理會，接著說：

「只是遇見喜歡的對象時，該怎麼說呢，空氣會出現變化吧。」

「空氣？」

「沒錯。那一瞬間，空氣看起來閃閃發光……」前川的腦海中似乎浮現出某種畫面。

「我第一次見到她的時候就是這種感覺。這個人穿著藍色的連身洋裝，風吹著裙襬微微揚起，笑容天真無邪，美得無法形容……」

看到前川笑得幸福洋溢的表情，就連小機也無力再取笑他了。這就是人類墜入情網的表情嗎？未免也太燦爛、太耀眼了。

真凜順著他的話接著說：「啊，不過我明白。剛開始和喜歡得不得了的人交往時就是這種感覺。感覺就像音樂劇電影裡演的那樣，一切看起來都光芒萬丈……」

「對呀，會打從心底覺得能享受到這個瞬間真是太好了。」

前川說得一臉陶醉，小機跟不上他的思緒。

在奔赴下一份工作的走廊上，真凜咯咯笑著說：

「妳的成績或許很好，卻在戀愛這門學問上交了白卷呢。」

「啊？妳憑什麼這麼說？」小機面紅耳赤地說。

小機固然不解風情，但鼻子又不塌，眼睛也很大，從某個角度來看應該可以算是美女，但就是哪裡怪怪的。開的玩笑有點昭和風味，還算清麗的臉蛋再加上莫名其妙的「冷笑話」反而讓男生退避三舍。真凜認為她是那種不能開口的女人。

「那妳倒是說說看，妳這輩子跟多少人交往過？」

「為什麼我非回答妳這個問題不可？」

「別管為什麼了，說來聽聽。」

「……牽手就算交往嗎？」

「什麼？……那是妳幾歲的事？」

「國中二年級的暑假，八月二十七日的夏日廟會。」

真凜無言以對，小機正要解釋的時候，耳邊傳來一聲：「小澤小姐。」好像是外科病房的醫生。

「啊，宮崎醫生。」

真凜的音調頓時比跟小機說話時高兩度，笑靨如花地迎上前去。

這個女人生來對男人沒有抵抗力，看起來簡直像隻搖尾乞憐的狗，不過話題就此打住也讓小機鬆了一口氣。然而原本搔首弄姿地與醫生交談的真凜，突然換上略顯凝重的表情，說完重點就回到小機身邊。小機調整態勢，先發制人地搶白：

「關於妳剛才問的問題，我想起來了，我也有很多經驗。那是國三的夏天——」

真凜一臉凝重地打斷她的廢話。「妳的事不重要。」

「什麼？」

「剛才那位是整形科醫生，問我剛才我們在走廊上討論的是不是前川先生？」

「前川先生整過形嗎？」

「不是，是他太太。」

「嗯？」

「一年前，前川太太曾因為肋骨骨折來就醫，原因是被前川先生家暴。」

前川家位於東京世田谷，是在他四十歲的時候興建的，總共改建過兩次，並在這裡養大三個小孩。七十坪的豪宅距離最近的私鐵站走路只要十分鐘，並特別請建築師量身打造，融合日本與西方的風格。距離年紀最小的女兒搬出去，也已經過了十年以上，說到孩子們的回憶，頂多只剩下掛在牆上的照片。原本還在煩惱第三次改建是不是要改成兩代同堂的住宅，但受到女兒、女婿婉拒，改建計畫遂變為整修成無障礙空間就好。只可惜還沒動工，前川就病倒了。

純子正一個人坐在客廳喝焙茶。前川在家的時候，早上總是要陪他喝深焙的咖啡，但她其實比較喜歡日本茶。五十年的婚姻生活，她一直是這樣扼殺著自己活過來的。

再忍耐一下，再忍耐一下。

無論是三更半夜才回家，假日去打高爾夫，因為嫌孩子半夜啼哭而破口大罵，她都以體諒丈夫是個工作狂為由，說服自己要忍耐。就連抓到出軌的證據，也為了小孩沒把事情鬧大。當然也是因為她還愛著前川，可孩子轉眼間就長大了，房子頓時只剩下兩個人，唯留對丈夫日積月累的憎恨。

一年前，前川不顧眾人反對，投資了與詐欺無異的東南亞事業，賠了一大筆錢，差點連房子都保不住。所幸在兒女們的奔走下，勉強補起那個大洞。從此以後，前川對事業已經沒有實質上的話語權，也沒有其他興趣，每天無所事事，心情惡劣，對自己的不走運長吁短嘆。當純子發現前川是個滿腦子只想到自己的男人時，她已經老了。

這輩子難道都要跟他綁在一起嗎？光是想到這點，純子就悚然心驚，接著前川就突然病倒了。純子本來還有點罪惡感，心想是不是自己的怨念應驗了，可是看到住院後比平常更任性跋扈的丈夫，怒火再度湧上心頭，更別說還有這次的「外遇」騷動。

純子慢悠悠地輪流打量掛在牆上的照片。新婚燕爾時，他們應邀去外國客戶家，看到別人家牆上掛滿象徵家族歷史的照片，她有樣學樣地模仿。

自己的情況與那對鶼鰈情深的外籍夫婦截然不同，不如說是為了掩飾兩人貌合神離的事實，才刻意在客廳的牆上掛滿夫妻倆的照片。初相遇時、新婚時期、生下第一個孩子時、中年期、子女獨立後的夫妻倆……但這些都只是她對丈夫的反擊。

純子站起來，準備前往醫院。

在護理站，小機用監視器檢查患者的生命跡象時，純子正好經過。小機追上去，心想最好在她進病房前攔住她，帶她進會客室。

她問起被前川家暴的事，純子大大方方地承認了，苦笑著娓娓道來。

「我被內子打到肋骨斷掉。」

「什麼！」

「我們家那口子……退休後還讓原本經營的公司破產了，之後與債權人發生糾紛，或是心情煩悶的時候就會像這樣——」

純子擺出被推倒在地的樣子。小機一時不知該說些什麼，但兩件事不能混為一談，現在必須先解決眼前的任務，於是她努力保持冷靜地開口：「我認為再怎樣都不能動手，也能體諒妳想折磨前川先生的心情，可是如果因為這樣不簽手術同意書……」

純子平靜地回答：「內子的妄想還是老樣子嗎？」

「是的。」

純子冷冷一笑。「人為什麼會喜歡上另一個人呢。」

又來了……這跟現在的問題有半毛錢關係嗎？

為什麼所有人都圍繞著情情愛愛打轉？這麼一來，事情根本沒辦法討論下去嘛。老娘已經快不行了。小機失去耐性，忍不住連珠砲似滔滔不絕道：「簡單地說，所謂的『感情』不過是腦中神經元的電子訊號，是一種電流喔。說穿了就只是這樣。」

純子一臉茫然。

「也就是說，雖說是『心』，其實只是由電子訊號轉換而成的東西，所以我才不想把人生的重心放在這麼曖昧不明的東西上。」

「是喔。」

「特別是愛情，愛情是多巴胺生產過剩的狀態。墜入情網聽起來好像很酷，但簡單來說，其實只是打開腦中獎賞系統的迴路。」

「妳正在談戀愛嗎？」

這是什麼傻問題。「我不是說，我不需要談戀愛嗎？當然，我長得這麼好看，身材也玲瓏有致，只要我開金口，要什麼男人沒有，可是我不想把心力浪費在這麼無聊的事情上面。」

「妳還太年輕了。」

「嗯？」

「等妳上了年紀……結了婚，就能稍微明白我的心情了。」

「等一下，總之現在是醫療的問題，我不能放著病人，因為不能接受手術而痛苦不管啊。」

聽小機說到這裡，純子站起來，打算結束這個話題。「抱歉。」

「慢著！」

純子漸行漸遠的背影看起來非常孤單。

一面巡其他住院病人的房，「愛」這個字還停留在小機的腦子裡。為何都來到腦外科這個最沒有女人味、充滿殺伐之氣的外科病房大樓了，還要到情啊愛的滿天飛呢？

「妳談過戀愛嗎？」

三個月前，因為部長這個沒頭沒腦的問題，小機就像被蛇盯住的青蛙，不對，是盲目追隨摩西的群眾之一，答應要到有如戰場般的腦外科修行。原因就連自己也不清楚，但小機沒談過戀愛倒是如假包換的事實。

「愛情……」在心裡想的字眼竟脫口而出。

「好嚇人！」

聽到話語聲，她回頭一看，只見真凜拿著替換用的點滴袋站在後面。

「妳剛剛在無病呻吟什麼？愛情嗎？」

小機惱羞成怒。

「吵死人了，妳給我閉嘴！怎麼每個人都把情啊愛的掛在嘴邊……真受不了！」

「明明是妳自己說的。」

換完點滴，她粗魯地把空袋子丟給真凜。「換好了，剩下的就交給妳了。」

小機快步離開病房。目的地是辦公室自己的座位。這裡由隔板隔開，每張桌子都配有一台電腦。小機坐下來，打開電腦。

「巡視完病房了？」耳邊傳來深山的聲音。

小機頭也不回地回答：「就是巡視完了，我才會坐在這裡。」

「拿到同意書了嗎？」

「這件事太蠢了，我沒辦法奉陪。」小機邊抱怨邊敲打鍵盤。

「什麼意思？」

「我是醫生，請讓我用醫學的方法治療病人。」

深山面向小機，臉上浮現出不解的表情。

「找到了！」

螢幕中出現用英文寫的醫學論文。小機目不轉睛地盯著看。她記得以前看過這篇論文。「美國的論文指出，像前川先生這種具有半邊忽略現象與對自己身體失去判斷的症狀，將冷水注入三半規管或許能減輕症狀……我想試試看。」

深山也從她身後窺看電腦螢幕。

「就算能減輕症狀，頂多也只能維持五到十分鐘，只是暫時性的舉措。」

「就算時間再短，只要能暫時恢復正常，前川先生應該就能正視自己的變化，還是值得一試。」

「妳的鼻孔又撐大了……」

小機從鼻孔噴出一口氣。

畢竟只須用注射器從耳朵注入水，深山同意她這麼做。在取得前川的首肯後，小機下午就付諸實行，與深山一同前往前川的病房。在電梯裡，小機告訴深山，純子趁周圍的人不注意時戲弄前川的事。

「她大概恨不得殺死前川先生吧，不過這也太陰險了，既然這麼討厭對方，為什麼不離婚呢？」

深山一如往常地以冷笑回答：「夫妻之間的問題只有當事人才知道。」

「啊，說得也是。是我不好，居然跟離過一次婚的深山醫生討論這種事。」

小機裝模作樣地不住低頭道歉。

「道歉過頭了。」

「啊，不是啦，深山醫生遠看還很年輕，所以人生接下來才要開始喔，哈哈哈。」

死定了。小機感受到被揍的危機，趕緊言歸正傳。

「可是啊，感情再怎麼惡劣的夫妻，原本也是因為相愛才結合不是嗎？到底是從什麼時候開始變成那樣呢。」

「也有夫婦是看在旁人眼中總是吵吵鬧鬧，其實當事人非常相愛喔。」

「嗯……真是難以理解。啊，就像發情的貓那樣嗎？一面互相威嚇炸毛，一面又相親相愛。」

「妳最好還是別談戀愛了，把心思花在工作上吧。」

電梯門開了。

護理師已經準備好前端呈尖銳滴管狀的注射器，等在病房裡。前川坐在病床上。深山又向他說明一次狀況。

「前川先生，只是要把水注入你的耳朵裡，藉此觀察你會發生什麼變化而已。」

「好的，請自便。」

小機並未錯過前川瞥了左手臂一眼的視線流轉。「請問……」

「什麼事？」

「那個，她現在也在這裡嗎？」

前川以莫名其妙的表情回答：「對呀，那當然。有什麼問題嗎？」

前川對左手臂微微一笑，彷彿在跟手對話。

「沒有……沒事。那我們就開始嘍！」

深山以眼神示意，小機從護理師手中接過注射器。

「準備好了嗎？可能會有一點搔癢的感覺。」

「好了。」

「開始嘍。」

就在小機按壓注射器的瞬間。「住手！」

純子衝進病房。

她的尖叫聲與前川「唔」的呻吟聲同時響起。純子在走廊上聽聞前川今天的「治療」，因而衝進來，隨後趕到的還有追過來的真凜。

三位醫護的視線在純子與前川之間來回遊移。

水注入右耳三半規管的那一瞬間，前川的身體倏地繃緊，茫然地凝視著半空中，眼神一時聚焦，然後又放鬆下來。但不管怎麼樣，大家都注視著前川的變化。

下一刻，前川緩緩地望向自己癱軟無力的左手臂。

前川眼前有名光芒萬丈的女子。她始終坐在床邊，對著他微笑。他的臉上突然浮現出悲傷的表情，從床邊站起來。

「敦子！」前川吶喊。他其實也不確定自己是否真的有發出聲音，依舊扯著喉嚨大喊。「敦子，別離開我。」女人回過頭來嫣然一笑，然後轉過身去，走出病房。

「等一下，別走！」前川想從聲帶裡擠出聲音，卻沒有真的開口。

只是往四周看了一圈。

「咦……各位是怎麼了？」

前川一臉不可思議地打量緊張觀察著他的眾人，神志看起來很清醒。

深山與真凜面面相覷，開口問：「前川先生，請問……你的左手臂……」

「左手臂？不能動啊。不是腦出血的後遺症嗎？」

前川看著左手臂，極其自然地反問。

「對、對呀，沒錯沒錯。」

真凜附在深山耳邊說：「深山醫生，就是現在，請他在同意書上簽名……」

在前川看不到的死角，她將事先準備好的同意書遞給深山。

「了解。」

小機窺探著純子的反應。

她正站在病房門口，以宛如抓住救命稻草的眼神，看著前川。

深山拿出同意書遞給前川。

「前川先生，這是摘除腦動靜脈畸形的手術同意書。要再次切開上次動手術的部位，應該可以改善前川先生忽略左邊空間的狀態，請務必接受手術……」

話還沒說完，深山就僵住了。因為前川又恢復了以前的眼神。

「妳做什麼！」前川大聲喝斥，右手作勢要推開深山。

「別靠近床邊！妳想弄痛這個人嗎？」

深山所站的位置，正是前川動彈不得的左手臂旁邊。

前川又回到原本的幻想世界裡。

小機的視線從頭到尾都落在純子身上。

純子看著前川的眼神十分憂傷，幾不可辨地露出一抹微笑，不聲不響地轉身離去。

小機似乎察覺到了什麼。

「連五分鐘都撐不過去呢……」

深山回到辦公室，看著前川的電腦斷層掃描，自言自語。

今出川對小機說：「可是啊……至少可以知道將水注入三半規管確實有某種效果，光是這樣就成功嘍，小機醫生。」

小機是那種渴望得到讚美勝於一日三餐的人，此刻卻置若罔聞。

「結果同意書的問題還是沒解決。」

「嗯，是這樣沒錯啦。」

深山深聲嘆息，同一時間，小機面向前方，喃喃自語。「不……」

「嗯？」

「我想應該有辦法解決。」語聲未落，小機就像被什麼附身似地，衝出辦公室。

留下深山與今出川大眼瞪小眼。

「這傢伙吃錯什麼藥了……」

「小機醫生是不是吃壞肚子了……」

小機像個火車頭似地直衝向病房大樓。

病房裡，純子正為躺在床上的前川蓋被。
「那……我回去了。」
「嗯。」前川依然故我地看著自己的左手臂。
純子走出病房的同時，與小機碰個正著。
純子平靜地看著小機，似乎已有所預感。
「可以耽誤妳一點時間嗎？」她對小機說，眼角餘光瞥了病房一眼。
「當然可以。」小機點頭，兩人走向中庭。
「同意書在妳身上嗎？」
中庭籠罩著夕陽餘暉，剛在長椅上坐下，純子就開門見山地問。
「是的。」
「我願意簽名。」

小機遞給她空白的手術同意書，鼓起勇氣開口：「前川先生看到的敦子小姐……其實是妳吧。」小機接著說，「我留意到前川先生恢復正常時，妳的表情，以及前川先生口中那個女人的名字……我查過字典，妳的名字——純子，其實也可以念成『敦子』吧[4]。」

「沒錯。」

純子微微一笑，緩緩說起：「妳知道萬國博覽會嗎？大阪萬博。我年輕的時候是現在所謂的伴遊小姐，在朋友的遊說下，偶爾接點案子做，陪客人遊萬博，在那裡認識了那個人。他是出入萬博的業者。」

前川年輕時曾是上班族，被公司派到大阪，負責將建材搬進日本館。他在那裡認識了當伴遊小姐的純子，主動向純子搭訕。

「他真是死纏爛打，我起初很討厭他……因為他一直追問我叫什麼名字，我靈機一動，告訴他我叫『敦子』，沒想到……後來我們還是交往了。即使在我告訴他我真正的名字以後，他還是半開玩笑地喊我『敦子』、『敦子』。他大概是想起那時候的事了……」

「當時妳也像前川先生說的，穿著藍色的洋裝？」

純子輕輕點頭。「我伴遊的時候都穿藍色衣服，所以當他說左手臂怎樣又怎樣……我馬上就知道那是以前的我。」

純子彷彿一絲一縷梳理回憶般，娓娓道來：

「相遇的地點、穿的衣服……全都是我們初識時的種種。」

只是與現在的純子完全連不起來。

小機大膽地提出一直令她百思不解的問題：「那妳為什麼不肯簽同意書？」

純子一時噤口不言。

「前川先生私底下是會對太太動粗的人。但即使是這樣，過去也曾深愛過妳，所以妳想讓他一直停留在那個狀態嗎？」小機繼續，「妳說妳想折磨前川先生，其實是騙人的吧？」

「不是喔，我沒有騙妳。」

「欸？」

「因為那個人愛上了以前的我不是嗎？不知道以前的我已經變成這副德性了……這

4 譯注：純子的日文發音為Junko，但也可以念成Atsuko，與敦子的日文發音相同。

樣不是更殘酷嗎？」純子說道，冷然一笑。

小機這才明白，原來人在悲傷的時候也會笑。

一週後，上午十點──

完成早上的回診與協助的手術，小機在中庭喝咖啡牛奶，總覺得這幾天好像白忙了一場。

「如果妳有空在這裡發呆，還不如去寫評量表。」

真凜手裡拿著補充體力的三明治，朝她走來。

「少囉嗦，輪不到妳對醫生指手畫腳。」

「連一張同意書都搞了半天才拿到的人，有什麼資格擺架子。」

小機板起臉來正要發作，真凜又補了一句：「前川先生今天出院了。」讓她安靜下來。「這次是不是上了一堂……感情課？」

「什麼？」

「我勸妳最好再入世一點，否則沒資格當醫生。戀愛學分至少得修到四十分才行。」

「要妳管，那妳認為我現在有幾分？」

「當然是零分啊。妳又沒有經驗。」

「少胡說八道！多管閒事。」

「啊，前川先生。」

前川映入兩人的視線，他身穿便服，拎著大包小包，正要坐進計程車。

前川把行李放進後車廂，回頭吆喝：「喂，快點走了。」

純子邊檢查手提包裡的東西，小跑步地走過去。

「啊，找到手帕了。不好意思。」

「真是的，妳真的很會拖。」

前川口出惡言，正要邁開腳步，不由自主地踉蹌了一下。

純子反射性地扶著他的手肘，撐住他。「沒事吧？」

「……嗯，沒事。」前川動作遲緩，但總算是把身體塞進計程車裡。

純子直勾勾地凝視他的背影，臉上的表情看不出是愛是恨，然後也跟著上車，計程車揚長而去。

「人類真不可思議。」小機看著這一切，輕聲說。

「不，是腦嗎，腦未免也太不可思議了……」

真凜看著小機，眼神彷彿看到外星人。以年輕醫生常有的死腦筋及囂張程度來說，小機的病情算是極為嚴重，但或許她其實意外地老實也說不定。

「我就繼續在腦外科待一陣子吧。」小機感慨良深地說道。

真凜本想吐嘈她「妳有想過要辭職嗎」，但還是忍住了。

小機露出烏雲散盡的表情。

這一刻，她身為腦外科醫生的第一章，才正要揭開序幕。

尾聲

要是有可以測量疼痛的機器，病人該有多輕鬆。每次在腦外科接觸病人時，深山心裡都會閃過這個念頭。疼痛是肉眼看不見的。

「這十年來，我一直過得很痛苦。」

眼前三叉神經痛的患者也是如此，她正愁眉苦臉地訴苦。

三叉神經痛是指腦部的血管因動脈硬化而扭曲變形，壓迫到掌管臉部感覺的神經，也就是三叉神經，導致臉部異常疼痛。臉部在沒有任何預兆的情況下，突然有一兩秒感覺有如電擊般的劇烈疼痛。當症狀愈來愈嚴重，會演變成臉也洗不了、水也喝不下。如果是女性，可能連化妝都無能為力，痛苦到生不如死的地步。

這名七十二歲的家庭主婦十年前曾在教學醫院動手術，疼痛消失了一陣子，隨即捲土重來。然而當她再次因疼痛回醫院看診時，主治醫生卻說：「好奇怪呀，神經痛應該已經消除啦。」

磁振造影也沒有問題。「主要是心理作用，是精神上的問題，我介紹心理醫生給妳吧。」主治醫生丟下這句話就撒手不管了。

主治醫生一口咬定手術很成功，無論她再怎麼強調臉有多痛，醫生都充耳不聞。最後是在朋友的介紹下，抱著死馬當活馬醫的心情找上東都綜合醫院腦神經外科。

疼痛看不見，也無從測量。然而，可以觀察得出來。

深山仔細檢查，看著片子說：「唉……只把墊片塞在血管與三叉神經之間，技術拙劣的教學醫院經常會做這種手術。沒有隔開關鍵的血管與神經，原因就出在這裡。」

看過片子的黑岩、西郡也持相同看法。

「由我執刀就不用擔心了，我一次就能搞定。畢竟只是個三十分鐘的小手術。」

最後決定由黑岩執刀，他輕拍患者的肩膀。「包在我身上，我一定能治好妳。」

今時今日，醫生絕對不能說出「一定」這種話，可是這個男人完全視常識於無物。深山認為他的輕佻與篤定，反而能讓病人保持輕鬆的心情，而且他也真的不需要三十分鐘就能搞定吧。深山清楚他的功力，對此深信不疑。

前來巡房的西郡冷淡地對躺在床上的患者說：

「那個醫生看起來好像不太可靠，但醫術是一流的。」

就沒有更委婉一點的說法嗎？深山心想。幸好患者露出了放心的表情。

西郡最近開始願意跟病人閒話家常，這是個好現象。

協助西郡的小機則說：「結束之後，來化個相隔十年的妝吧。妳化了妝一定很漂亮。」

必須從頭教育這傢伙「體貼」兩個字該怎麼寫，不過患者應該能體會小機為病人著想的心情吧。只見患者露出今天最燦爛的笑容。

他們讓患者坐到輪椅上，前往手術室。

最強的腦外科團隊正等在手術室裡。

我們看不見別人的疼痛，但或許可以想像、可以陪伴。只要努力，就能稍微貼近別人的疼痛。

醫生也有各自的疼痛。身為人類，醫生絕不完美，但每天都必須努力，至少對病人做到完美。因為這裡是病人最後的堡壘。

為了成為這座堡壘的一員，深山懷抱著這樣的想法，也去刷手，準備進手術室。

〈全書完〉

國家圖書館出版品預行編目資料

Top knife / 林宏司著；緋華璃譯. -- 初版. -- 臺北市：春光出版, 城邦文化事業股份有限公司出版：英屬蓋曼群島商家庭傳媒股份有限公司城邦分公司發行, 民110.02
面； 公分
譯自：トップナイフ
ISBN 978-986-5543-11-2（平裝）

861.57 109020751

Top Knife

原著書名／トップナイフ
作　　者／林宏司
企劃選書人／何寧
責任編輯／何寧

版權行政暨數位業務專員／陳玉鈴
資深版權專員／許儀盈
行銷企劃／陳姿億
行銷業務經理／李振東
副總編輯／王雪莉
發 行 人／何飛鵬
法律顧問／元禾法律事務所　王子文律師
出　　版／春光出版　城邦文化事業股份有限公司
台北市 104 中山區民生東路二段 141 號 8 樓
電話：(02) 2500-7008　傳真：(02) 2502-7676
部落格：http://stareast.pixnet.net/blog E-mail：stareast_service@cite.com.tw
發　　行／英屬蓋曼群島商家庭傳媒股份有限公司城邦分公司
台北市中山區民生東路二段 141 號11 樓
書虫客服服務專線：(02) 2500-7718 / (02) 2500-7719
24小時傳眞服務：(02) 2500-1990 / (02) 2500-1991
服務時間：週一至週五上午9:30～12:00，下午13:30～17:00
郵撥帳號：19863813　戶名：書虫股份有限公司
讀者服務信箱E-mail: service@readingclub.com.tw
歡迎光臨城邦讀書花園　網址：www.cite.com.tw
香港發行所／城邦（香港）出版集團有限公司
香港灣仔駱克道 193 號東超商業中心 1 樓
電話：(852) 2508-6231　傳眞：(852) 2578-9337
E-mail : hkcite@biznetvigator.com
馬新發行所／城邦（馬新）出版集團　Cite(M)Sdn. Bhd
41, Jalan Radin Anum, Bandar Baru Sri Petaling,
57000 Kuala Lumpur, Malaysia.
Tel: (603) 90578822 Fax:(603) 90576622 E-mail:cite@cite.com.my

封面設計／木木 Lin
內頁排版／極翔企業有限公司
印　　刷／高典印刷有限公司

■ 2021 年（民 110）2 月 1 日初版一刷

Printed in Taiwan

售價／380元

城邦讀書花園
www.cite.com.tw

ISBN 978-986-5543-11-2

廣 告 回 函
北區郵政管理登記證
台北廣字第000791號
郵資已付，免貼郵票

104 台北市民生東路二段 141 號 11 樓

英屬蓋曼群島商家庭傳媒股份有限公司

城邦分公司

- -

請沿虛線對折，謝謝！

書號： OG0035	書名：Top Knife

請於此處用膠水黏貼

讀者回函卡

謝謝您購買我們出版的書籍！請費心填寫此回函卡，我們將不定期寄上城邦集團最新的出版訊息。

姓名：＿＿＿＿＿＿＿＿＿＿＿＿＿＿＿＿

性別：□男　□女

生日：西元＿＿＿＿＿＿年＿＿＿＿＿＿月＿＿＿＿＿＿日

地址：＿＿＿＿＿＿＿＿＿＿＿＿＿＿＿＿＿＿＿＿＿＿＿＿

聯絡電話：＿＿＿＿＿＿＿＿＿＿ 傳真：＿＿＿＿＿＿＿＿＿＿

E-mail：＿＿＿＿＿＿＿＿＿＿＿＿＿＿＿＿＿＿＿＿＿＿＿＿

職業：□ 1. 學生 □ 2. 軍公教 □ 3. 服務 □ 4. 金融 □ 5. 製造 □ 6. 資訊

□ 7. 傳播 □ 8. 自由業 □ 9. 農漁牧 □ 10. 家管 □ 11. 退休

□ 12. 其他＿＿＿＿＿＿＿＿＿＿＿＿＿＿＿＿＿＿＿＿

您從何種方式得知本書消息？

□ 1. 書店 □ 2. 網路 □ 3. 報紙 □ 4. 雜誌 □ 5. 廣播 □ 6. 電視

□ 7. 親友推薦 □ 8. 其他＿＿＿＿＿＿＿＿＿＿＿＿＿＿＿＿

您通常以何種方式購書？

□ 1. 書店 □ 2. 網路 □ 3. 傳真訂購 □ 4. 郵局劃撥 □ 5. 其他＿＿＿＿

您喜歡閱讀哪些類別的書籍？

□ 1. 財經商業 □ 2. 自然科學 □ 3. 歷史 □ 4. 法律 □ 5. 文學

□ 6. 休閒旅遊 □ 7. 小說 □ 8. 人物傳記 □ 9. 生活、勵志

□ 10. 其他＿＿＿＿＿＿＿＿＿＿＿＿＿＿＿＿＿＿＿＿

請於此處用膠水黏貼